中公新書 2382

河合祥一郎著

シェイクスピア

人生劇場の達人

中央公論新社刊

まえがき

ウィリアム・シェイクスピアは、四〇〇年も昔の詩人・劇作家である。にもかかわらず、その劇は今日でも頻繁に上演され、オペラ、バレエ、音楽、美術などさまざまなジャンルで取り上げられている。そもそもシェイクスピアとは、どのような人物なのか。また、その作品群から読み取れるものは何なのだろうか。

本書は、シェイクスピアの生きた時代を振り返り、作品全体を通して浮かび上がる劇作家の姿に迫り、その精神世界を明らかにすることを目的とする。

シェイクスピア劇上演の本場はイギリスであり、彼の故郷ストラットフォード・アポン・エイヴォンに本拠地を置くロイヤル・シェイクスピア劇団がもっとも権威のある公演をしていると、二〇世紀後半まで考えられていた。しかし、時代は変わった。

二〇〇六年に蜷川幸雄《にながわゆきお》演出、吉田鋼太郎《こうたろう》主演『タイタス・アンドロニカス』（そのほか小栗《おぐり》旬《しゅん》、鶴見辰吾《つるみしんご》、壤晴彦《じょうはるひこ》、麻実《あさみ》れい、真中瞳《まなかひとみ》らが出演）が、ロイヤル・シェイクスピア劇団の主劇場で上演されて大絶賛を浴び、日本発信のシェイクスピアが勝利を収めたと胸を張れる時代がやってきた。

吉田鋼太郎演じるタイタス（右は真中瞳）撮影：高嶋ちぐさ，提供：彩の国さいたま芸術劇場

もちろん蜷川演出のシェイクスピア作品は、それまでもイギリス公演で成功を収めてきた。一九八五年にエジンバラで上演され、八七年と九二年にロンドンで再演された『NINAGAWAマクベス』（別名『仏壇マクベス』）を皮切りに、壤晴彦主演『テンペスト』（九二年）、白石《しらいし》加代子《かよこ》・瑳川《さがわ》哲朗《てつろう》主演『夏の夜の夢』（九四年）、真田《さなだ》広之《ひろゆき》主演『ハムレット』（九八年）、ナイジェル・ホーソーン主演『リア王』（九九年）、内野《うちの》聖陽《せいよう》主演『ペリクリーズ』（二〇〇三年）、唐沢《からさわ》寿明《としあき》主演『コリオレイナス』（二〇〇七年）、尾上《おのえ》菊之助《きくのすけ》主演『NINAGAWA十二夜』（二〇〇九年）、阿部《あべ》寛《ひろし》・大竹《おおたけ》しのぶ主演『シンベリン』（二〇一二年）、藤原《ふじわら》竜也《たつや》主演『ハムレット』（二〇一五年）など、数々のイギリス公演がすばらしい成果を収めた。だが、ロンドンではなくロイヤル・シェイクスピア劇団の本拠であるロイヤル・シェイクスピア劇場で吉田鋼太郎が大暴れしてみせたのは、やはり画期的な事件だった。もはやシェイクスピアはイギリス人だけのものではなく、日本人のものでもあり、世界中の演劇人の財産と見なされるようになったのだ。

シェイクスピア研究においてもそうだ。かつて、一九九〇年代頃までは、英米のシェイクスピア研究がトップであり、外国人である日本人学者はそのレベルには遠く及ばないという認識があった。ところが、二一世紀に入ると、必ずしも英米が中心ではなくなってくる。シェイクスピア劇が世界各地でどのように受容され、いかに上演されているのかという面に視線が向けられるようになったのだ。『シェイクスピア・サーヴェイ』(ケンブリッジ大学出版局)という本に私が二〇〇九年と二〇一一年に英語論文を寄稿したときも、いずれも日本でのシェイクスピア受容・上演について語ることになった。

つまり、シェイクスピアは、かつての英文学というジャンルを脱し、日本をはじめ世界各地の大劇場や小劇場を活性化する触媒として、どのような表象文化を生んでいるのかが問題とされているのである。私たちが現在享受する文化の一端をシェイクスピア劇が担っているという認識が強くなったのだ。

そんな大きな力をもつシェイクスピア劇とは、いったい何なのか。

個々の公演の魅力は、実際に劇場へ足を運んで体験するよりほかないが、シェイクスピアとはどのような人だったのか、全体としてどんな作品世界を描いたのかを知るには書物をひもとくのが一番だ。それを明らかにするのが本書の狙いである。

そのためには、まずシェイクスピアの時代に帰るところからはじめる必要がある。そこで、第1章から第3章にかけて、シェイクスピアの人物像を、時代を追って概観していく。シェイクスピアの人となりがわかりにくい理由の一つは、時代背景に求められることがわかるだろう。

第4章では、その劇世界の魅力をご紹介する。とくに芝居を見ているときには気づかない〝シェイクスピア・マジック〟について解き明かそう。

第5章では喜劇世界、そして第6章では悲劇世界を解説する。

そのうえで最終章として、シェイクスピアの哲学についてまとめてみよう。シェイクスピアが考え抜いた「人はどうやって生きていくべきか」といった問題は、その作品世界でどのように展開しているのか。「私」という主体をどう認識すればよいのか。シェイクスピアを理解すると、ものの見方は一通りではないとわかるようになる。

「万の心を持つシェイクスピア」(myriad-minded Shakespeare) と言われるが、それは多くの人の心に訴えかけるほど多様なものの見方が作品に籠《こ》められているという意味だ。シェイクスピア自身の本心は多くの仮面の背後に隠れて見えないと言われることもある。

しかし、大切なのは、人生という劇場においてさまざまな役を演じるためにどのような仮面をつけるのかであって、仮面の背後にある「真の私」など誰にもわからないと、シェイクスピアなら言うだろう。だからこそ、自分さえ知らない「私」に出会えるかもしれない——シェイクスピアの哲学を学びとった者ならば。

目次

シェイクスピア

人生劇場の達人

とくに断りのない限り、
文中の訳は著者によるものである。

第１章

失踪の末、詩人・劇作家として現れる

ウィリアム・シェイクスピア（1564～1616）
チャンドス肖像画

生没の記録は教会にあり

ロンドンの北西一六四キロメートルにある、のどかな田舎町ストラットフォード・アポン・エイヴォンを流れるエイヴォン川には美しい白鳥がゆったりと泳いでいる。同時代の劇作家ベン・ジョンソンがシェイクスピアを「エイヴォン川のすてきな白鳥よ!」と称えたことから、「エイヴォン川の白鳥」は詩聖シェイクスピアの代名詞ともなっている。

この町の聖トリニティー教会の、一五六四年四月二六日水曜日付の洗礼記録にこうある。

Guilelmus filius Johannes Shakespere（ジョン・シェイクスピアの息子ウィリアム）。

これが、いわば出生証明だ。洗礼は、誕生後数日で受けさせるのが当時の慣習だったので、誕生日は四月二三日頃と推定される。

亡くなったのは一六一六年四月二三日であり、埋葬はその二日後に執り行われた。命日の四月二三日と合わせて誕生日も四月二三日と考えるのが一般的となっており、現在ではこの日がシェイクスピアの記念日とされている。教会内の墓を訪れる観光客は今も絶えない。

一五六四年生まれの一六一六年没であるので、「ヒトゴロシの芝居をイロイロ書いた」というゴロ合わせが有名だ。確かにハムレットもロミオも、マクベスもオセローも、リア王もブルータスも、みな人を殺す。

父の出世

父親のジョン・シェイクスピアは、自力で出世街道を駆け上がった男だった。その上昇志向は確実に息子ウィリアムに受け継がれている。ジョンは、もともと近隣の村の農家の息子だったが、二〇歳前後でストラットフォード・アポン・エイヴォンへ越してきて、手袋職人と革なめし屋を本職としつつ、副職の羊毛仲買業や不動産売買や高利貸しで財を築いた。息子ウィリアムも、晩年は故郷での不動産運営や穀物転売などで財産を増やしたため、劇作家シェイクスピアのイメージが崩れると思う人も多いようだ。だが、銀行も証券もなかった当時、シェイクスピアは手堅く資産運営をしていたと考えればよいだろう。

父親ジョンは、経済的な成功を収め、一五五六年に約二五歳の若さでストラットフォード・アポン・エイヴォンのヘンリー通りに家を購入した。一五七五年にはこの家の西側の棟も購入し、これらは現在「シェイクスピアの生家」として博物館になっている。

翌一五五七年に、ジョンは地元の名家アーデン家の娘メアリを嫁にもらった。メアリは嫁いだとき、まだ二〇歳ぐらいだったようだ。田舎町で名家と縁組をしただけでも成功者と言えるが、ジョンはこのあと町の要職に就いて着々と出世の階段を上がっていく。

初めて町の役職についたのは一五五六年だった。エール酒とパンの品質を吟味し、品質の悪いものは価格を下げさせるという責任ある役職だ。一五五八年には巡査となった。これは町民が持ち回りで務める役職であり、喜劇『から騒ぎ』や『尺には尺を』にも登場する巡査がその例である。一五五九年には罰金の金額を定める科料認定係となり、一五六一年からウィリアムが生まれる一五六四年までは会計係として町の財産と歳入管理の責任者となった。会計係になると同時に町会議員にもなっている。

ジョンとメアリの夫婦には八人の子どもが生まれたが、そのうち第一子と第二子は夭逝したので、第三子のウィリアムは実質的に六人兄弟の一番上だった。

ウィリアムが一歳のとき、ジョンはさらに出世して、一四人の参事会員の一人に選ばれた。聖日や公の祭日に毛皮の黒いガウンを着て瑪瑙《めのう》の指輪をはめるほど偉い身分だ。『ロミオとジュリエット』に「町役人の人差し指に光る瑪瑙の指輪」とあるのはこれを指す。

一五六八年、ウィリアムが四歳のとき、ジョンはストラットフォード・アポン・エイヴォンの町長となった。町長は治安判事も兼任し、相当な権力を持つ役職だった。深紅のガウンをまとい、町役場に行くときは職杖を捧げた従士に先導されるというものものしさだった。物心ついたウィリアムは、毎日曜そんな立派な父につき従って教会の最前列のベンチにすわったはずである。翌一五六九年に町に女王一座とウスター伯一座の旅役者たちがやってきておそらく初めて芝居を観たときも、町長のご子息様として特等席に座ったことだろう。

この頃には二歳年下の弟ギルバートも生まれている。町長の任期が終わったあと、ジョンは首席参事会員および後任の町長の助役としての重職に就いた。

ジョンはさらに上を目指し、紳士階級《ジェントリー》に成り上がろうとして紋章を申請した。当時の「ジェントルマン」は現代で言う「紳士」とは意味が違い、貴族階級と市民階級のあいだ――正確には、騎士《ナイト》より下位、郷士《ヨーマン》より上位――の紳士階級に属する身分を指す。

「ぼくはジェントルマンです」と『十二夜』の男装のヒロインであるヴァイオラが言うと、伯爵家の令嬢オリヴィアは自分の結婚相手としてふさわしいと思うし（第一幕第五場）、『じゃじゃ馬馴らし』において金持ちの娘と結婚しようとパデュアへやってきたペトルーキオは、「私はヴェローナのジェントルマンです」（第二幕第一場）と宣告するだけで富豪の娘に求愛する資格があるかのような物の言い方をする。相手が名前を尋ねるのは、その二〇行後だ。シェイクスピアは『ヴェローナの二紳士』などをはじめ、重要な男性登場人物の身分を「紳士」として設定することが多い。

紳士の身分は本来世襲である。しかし、『冬物語』で羊飼いをして暮らしていた田舎者が王女を育てていた褒美に「紳士」の身分に取り立てられて得意がる場面があるように、紳士に成りあがることもありえないわけではなかった。実際、紋章院に多額の手数料を払って資格審査に合格すれば、新たに紋章を作ってもらえて、「紳士」を名乗れたのである。ジョンはその申請をしながら、多額の手数料を支払えなかったのか、申請は途中でうやむやになってしまった。ただし、すっかり立ち消えになったのではなく、のちに出世したウィリアムが再申請を行ったようだ。一五九六年一〇月二〇日付でジョン・シェイクスピアとその子孫は、「紳士《ジェントルマン》」を名乗る資格を得ている。

少年時代

ウィリアムは七歳ぐらいで授業料の要らない町の学校キングズ・ニュースクールに入学したはずだ。学校はグラマースクールと呼ばれていたが、それはラテン語の文法《グラマー》を教える学校という意味である。もっぱらラテン語ばかりをみっちり仕込まれる。

夏は午前六時、冬は午前七時から授業がはじまり、お昼を家で食べてから、また夕刻五時半か六時くらいまで続く。週六日、休暇なし。夜の照明として蠟燭《ろうそく》しかない時代であるから、学校から帰って夕飯を食べたら蠟燭代倹約のためにも子どもは早く寝かされただろう。夏は朝日とともに五時ぐらいには起き、冬の朝は真っ暗ななかを学校に行かねばならず、つらかっただろう。『お気に召すまま』第二幕第七場に「しぶしぶと、かたつむりのように学校に通う児童」への言及があるが、これは実体験に基づく表現と思われる。

『ウィンザーの陽気な女房たち』のなかで、ウィリアムという名の学童が学校の先生にラテン語のおさらいをしてもらう場面は、おそらく作家自身の少年時代を描いたものだろうとされている。「ウィリアム、冠詞をとるのは何かな？」と先生に言われて、ウィリアム少年はこう答える――「冠詞は代名詞から借りて来られ、活用は単数主格が、ヒク（男性）、ハエク（女性）、ホク（中性）」。引用されているのは、当時広く使われていたウィリアム・リリー著のラテン語教科書であり、若き日のウィリアムがこの教科書を使って同じようにラテン語を勉強したことはまちがいない。『タイタス・アンドロニカス』第四幕第二場では、ゴート族女王の息子ディミートリアスが巻物を読み上げる。

Integer vitae, scelerisque purus,　（高潔に生き、罪なき者は、）
Non eget Mauri iaculis, nec arcu.　（ムーア人の槍も弓も不要なり。）

すると、弟のカイロンが「ああ、こいつはホラティウスの詩だ。よく知っている。ずっと昔ラテン文法の教科書で読んだよ」と答える。リリーの教科書にはこの詩が二度引用されているから、シェイクスピアは「よく知って」いたはずだ。『から騒ぎ』第四幕第一場で、ベネディックが「なんだ？　感嘆文の練習か？　じゃあ、笑い声も入れてみたらどうだ。『あはは、えへへ、おほほ』」と言うのも、リリーの教科書にある感嘆文の用例への言及である。ローマの詩人オウィディウスがラテン語で書いた『変身物語』や、プラウトゥスやテレンティウスのローマ古典喜劇などを、シェイクスピアは学校時代に夢中になって読んだのかもしれない。いずれもシェイクスピア作品に大きな影響を与えている。

子ども心に大きな影響を与えたもう一つのものに、町にやってきた芝居があったはずだ。五歳のときに前述の巡業劇団が来ているので、そのとき初めて観劇を体験したかもしれない。九歳のときレスター伯一座が町を訪れ、一一歳のときウォリック伯一座とウスター伯一座が訪れたときも、観劇しただろう。上演されたのは道徳劇ないしインタールードと呼ばれる芝居で、《人間》や《若者》といった名前の主人公が《悪徳》に惑わされる単純な筋だった。

お楽しみとして、季節の祭もいろいろあった。五月祭にはサンザシを摘んできて飾るため、朝早くから野山や森へ入っていく。シェイクスピアも近くのアーデンの森に遊びに行ったことだろう。『夏の夜の夢』で青年ライサンダーが「一度、五月祭の朝に僕が、君とヘレナに出会ったところ」と呼ぶ森のなかでは、女が男を追いかけるといった逆転の《無礼講》が繰り広げられる。そこで新たな恋が生まれることもあり、当時の祝祭性は『夏の夜の夢』に反映されていると考えられる。

五月祭では、五月柱《メイ・ポール》という高い柱を立ててそのまわりを皆で踊った。『夏の夜の夢』で、背の低いハーミアが背の高いヘレナのことを「色を塗った五月柱（＝この厚化粧の背高のっぽ）！」と叫ぶのは、当時「五月柱」が「のっぽ」を意味する代名詞となっていたからだ。

人々は足に鈴をつけてモリス・ダンスを踊ったり、ホビー・ホースと呼ばれる馬の形をした枝細工を身につけて踊ったりした。ハムレットが「おお、哀れ、張り子の馬《ホビー・ホース》は忘られし」（『ハムレット』第三幕第二場）と叫ぶのは、当時の流行歌の一節だった（『恋の骨折り損』第三幕第一場にも出てくる）。

シェイクスピアは少年時代、五月祭のほか、夏至祭、収穫祭、十二夜、新年の祭など、さまざまな風習に馴染《なじ》んだと思われる。とくにイングランドの民族舞踏モリス・ダンスに親しんでいたことは、『ヘンリー六世』第二部第三幕第一場で、叛乱《はんらん》を起こしたジャック・ケイドが「荒々しいモリス・ダンスの踊り手のように高く飛び上がり、〔腿《もも》に針のように刺さった〕血まみれの矢を、鈴のように振った」という描写からもわかる。

学校が休みの日曜で、祭などもない日には、手袋を作る父の作業場で遊んでいたかもしれない。当時の手袋は手首のところをサテンやボビンレースで豪華に飾った贅沢《ぜいたく》品であり、眺めているだけでも楽しかっただろう。そしてまた、上等なヤギ革のやわらかさに驚いたらしいことは、作品の次のようなせりふに反映されている。『十二夜』の道化フェステは、「頭のいい人にかかると言葉なんて仔ヤギ革の手袋みたいなもんさ。くるっとひっくり返されちまう――あっと言う間に裏返しだ！」（第三幕第一場）と言い、『ロミオとジュリエット』のマキューシオは、「おまえの知恵はヤギ革だな。わずかの知恵がびよんと伸びる」（第二幕第三場）と言ってロミオをからかう。ウィリアム少年がヤギ革の手袋を手にして、そのやわらかさに感動した過去がきっとあったのだろう。

強烈な経験

美しい自然に満ちあふれて祭や踊りで彩られた田舎町での暮らしに満足できていれば、劇作家ウィリアム・シェイクスピアは生まれなかったかもしれない。だが、まだ一一歳だった少年の心を震撼《しんかん》させる小さな出来事があったようだ。

一五七五年の夏、エリザベス女王が恒例の行幸として中部地方を訪れ、レスター伯ロバート・ダドリーの居城ケニルワースに一九日間滞在したとき、ウィリアム少年は参事会員であった父に連れられて、町からおよそ一九キロメートルの近さにあるケニルワース城での式典を観に行ったと考えられるのである。

宝石と豪華な衣装に身を包んだエリザベス女王陛下の輝かしい姿を生まれて初めて目のあたりにしたのは、このときではなかったか。女王陛下の威厳の強烈なインパクトは、無数の供回りの豪華さ、見事さによって増幅され、一行を迎え入れるべく催された大掛かりな祝典によって盛大に演出されていた。このとき初めてウィリアムは、劇的な〝演出〟がどういうことであるかを知ったのではないだろうか。

女王を迎えるレスター伯ロバート・ダドリー（想像図）

式典の冒頭で、女王陛下は美男たちの担ぐ駕籠《かご》に乗り、豪勢な服を着込んだ宮廷人につきそわれて荘厳に入場した。すると、神話の人物に扮した役者たち――レスター伯一座の劇団員だ――が口々に歓迎のせりふを朗々と述べ、花火が上がり、それから寸劇、熊いじめ、アクロバット、モリス・ダンス、槍の競技、伝統芸能、水上野外劇といった見世物が次々に披露された。費用は一日あたり一〇〇〇ポンドという驚愕《きょうがく》の規模である。のちに故郷に錦を飾ったシェイクスピアが町で二番目によい家を六〇ポンドで購入したことと比較すれば、その規模がいかに破格かわかるだろう。

シェイクスピアは生涯にわたって王族のカリスマ性に圧倒され、それを舞台でも表現しようとした。『ヘンリー五世』の序詞役《プロローグ》はこう祈る――「ああ、創造世界の輝かしい天までたちのぼるミューズの炎よ、舞台を王国となしたまえ。役者を王侯貴族とし、壮大な場面を見守るのは君主がたとせしめたまえ」。

シェイクスピアがこのケニルワース城での豪奢《ごうしゃ》な余興を観たと考えられる理由は、次のとおりである。余興の一つに、城の前の湖のなかから機械仕掛けのイルカが浮上し、その背にギリシャ神話の楽士アリオンがまたがり、女王陛下のために快い調べの歌を歌うという趣向があった。のちに『十二夜』で、海難に遭った兄セバスチャンが波間に消えてゆく様子が次のように描写されるのは、シェイクスピアにこのときの記憶があったからではないかとされている。

海に浮かんだ頑丈なマストに身を縛り、
イルカにまたがるアリオンさながら
波の間に間に揺れていなさった。

（第一幕第二場）

『夏の夜の夢』にも類似したイメージが出てくる。

わがパック、ここに来い。覚えているだろう、
かつて俺が岬に腰をおろして、
イルカに乗った人魚が、うっとりするような
美しい声で歌うのを聞いていたのを。

（第二幕第一場）

『夏の夜の夢』では、キューピッドが放った恋の矢が、「恋の三色菫《すみれ》」の上に落ちて、その花に魔力を与える。この恋の矢はそもそも「西の国の美しい処女王」（エリザベス女王）を狙って放たれたのに女王を傷つけることはできなかったという設定になっている。このように女王を意識して描かれている点も、レスター伯の余興と共通する。

父の没落

ウィリアムが物心ついた頃に、父はどんどん出世を重ねていた。ウィリアムが一一歳となった一五七五年、父は庭園と果樹園付きの家二軒を四〇ポンドで購入した（一軒は生家の西棟か）。しかし、上昇気流に乗れたのはそれまでだった。

一五七七年、ウィリアムが一三歳の頃、父ジョンは町議会へ出席しなくなってしまい、シェイクスピア家の没落がはじまったのである。何らかの事情があったことを同僚たちは理解していたのか、欠席に対して科される罰金をジョンは免除されている。また、一五七八年に貧民救済のため各参事会員から週四ペンスを徴収することになっても、ジョンだけは免除された。

なぜ急にジョンは議会への出席を止めてしまったのか。しかも、彼は多額の借金を背負うようになっていたらしい。いったい何が起こったのか。

この謎を解くためには、イングランドの複雑な宗教事情を理解する必要がある。かつて国王ヘンリー八世が最初の妃キャサリンと離婚して新しい妃アン・ブーリン――のちのエリザベス一世の母――と結婚するために、離婚を禁じるローマ・カトリック教会から離脱したことが、イングランドの〝宗教改革〟の実態だった。一五三四年、ヘンリー八世は国王至上法(首長法)を公布して、「イングランド公認の宗教はイングランド国教会(英国国教会)であり、国王がイングランド国教会の首長になる」と宣言して、ローマ・カトリックと訣別《けつべつ》した。

つまり、もともとはカトリック教会の一部であったイングランド国教会を、ローマ教皇庁から独立させて別個の教会としたのである。そのため、イングランド国教会は大陸の宗教改革により生まれたプロテスタントとは異なる。

カトリック(旧教)とプロテスタント(新教)の一般的な違いを簡単にまとめておこう。カトリックでは、聖職者を神父と呼ぶ。英語でファーザー、ポルトガル語やスペイン語でパードレ、当時の日本ではパードレが転じてバテレンと呼ばれた。イエス・キリストが磔《はりつけ》にされた十字架を掲げ、教会は装飾や像で飾られ、ミサや善行を強調するのがカトリックだが、宗教改革後に起こったプロテスタントでは聖職者を牧師と呼び、十字架にキリストはなく、教会の装飾は比較的シンプルで、聖書の言葉を大切にし、善行ではなく信仰を強調するといった違いがある。イングランド国教会は儀式的にはカトリックの要素を持っていたのだが、その後カトリック国との政治的な対立が激化したために、反カトリックという意味でのプロテスタント性を強めていく。その紆余曲折《うよきょくせつ》は次のとおりだ。

まず、一五四七年にヘンリー八世が亡くなり、息子エドワード六世が一五五三年に一五歳で病死すると、プロテスタントであるレイディ・ジェーン・グレイが「九日間の女王」として王位に就くものの、夏目漱石が短編「倫敦塔《ロンドンとう》」で描くように処刑されてしまう。代わりに王位に就いたのは、ヘンリー八世の第一妃キャサリン・オブ・アラゴンの娘メアリ一世だった。三七歳で独身だったメアリ一世は熱烈なカトリック信者であり、一五五四年に、のちにスペイン王フェリペ二世（在位一五五六～九八年）となる王太子フェリペと結婚した。

歴史上「太陽の沈まない国」と最初に呼ばれたスペイン帝国は、カトリックを掲げて全世界制覇を目指していた。その王カルロス一世（神聖ローマ皇帝としてはカール五世）の息子フェリペとメアリ一世が結婚したため、イングランドはカトリックに逆戻りしたのである。

メアリはそもそも自分の母キャサリンを妃の座から追い落とすためにイングランドがカトリックを捨てたのがまちがいだったと考え、激しいプロテスタント弾圧を行い、約三〇〇人を処刑したため、「ブラッディ・メアリ」（血腥《ちなまぐさ》いメアリ）と呼ばれた。ウオッカをベースとするトマト・ジュースを用いたカクテルの名前として、今も「ブラッディ・メアリ」の名が残っているのはそれゆえである。夫フェリペ二世は、メアリと結婚するとイングランド王フィリップ一世（在位一五五四〜五八年）を名乗り、スペインは絶頂期に達した。

だが、政治的にカトリックを標榜《ひょうぼう》するスペインはあまりにも強大になっていた。メアリ一世が四二歳で亡くなると、一五五八年に即位したエリザベス一世の時代に、イングランドはカトリック・スペインに乗っ取られることを恐れ、今度は反スペイン＝反カトリックを標榜する。かくして、イングランドのプロテスタント性は強まっていった。

エリザベス女王が一五五九年に行った礼拝統一法の再宣言によって、イングランドではカトリック教会ではなくイングランド国教会にしたがうべきことが定められた。しかし、お上の号令に従って国民が一斉に宗旨替えをできるわけではない。とくにストラットフォード・アポン・エイヴォンのような田舎では、昔どおりの暮らしが続けられていたのが実情だ。ジョンもその妻の実家アーデン家も、昔ながらのカトリックだった。ヘンリー八世が首長令を出す前から、田舎では代々カトリックの教えを守ってきていたし、ジョン・シェイクスピアが二〇代を過ごしたメアリ一世の時代はカトリックだったのだ。

一七五七年にヘンリー・ストリートのシェイクスピア家の屋根の梁《はり》から発見されたとされる「信仰遺言書」には、ジョン・シェイクスピアの署名入りでカトリックを信仰することが記されていたという。この文書は現在では紛失しており、文書の真正を疑う学者もいる。

ひょっとすると純然たるビジネスマンだったジョン自身は、それほど宗教に関心を持っていなかったかもしれない。少なくとも町長の座を狙って公職に励んでいた頃は、ジョンは国が定めたとおりイングランド国教会に従って、町の礼拝堂をプロテスタント様式に改めるために、一五六四年一月一〇日、翌年三月二一日、翌々年二月一五日に書類に署名をして、宗教画を石灰（漆喰）で塗り潰して内陣桟敷を壊す作業を命令している。

だが、一五七六年四月にエリザベス女王が統一法の徹底を強化する委員会を組織させると、事情が変わってきた。強烈なカトリック弾圧の波が、小さな田舎町にも及んできたのだ。ストラットフォード・アポン・エイヴォンでカトリック取り締まりにあたったのは、筋金入りのプロテスタントの豪族サー・トマス・ルーシーだった。一五七一年と八五年にウォリックシャー州代表の国会議員に選出された実力者だが、権力を笠に着て横柄に振る舞う男だった。

少年ウィリアムはルーシーの庭園で鹿泥棒を働いて捕らえられ、ひどく鞭打《むちう》たれたので、「ルーシーはラウジー（しらみだらけ）だ」と、からから囃《はや》し歌を書き、それが原因となってロンドンへ逃げ出したという伝説がある。真偽のほどは明らかではないが、からから歌は数種残っているので、ルーシーが町の人々から嫌われていたことだけはまちがいない。

ウィリアムの母メアリ・アーデンは、ウォリックシャー州のカトリックの名家アーデン家の傍系だった。カトリック嫌いのルーシーはアーデン家に目を光らせ、アーデン家とつながりのあるシェイクスピア家ににらみをきかせたことだろう。

町長も経験し、町で大きな信頼を得ていたジョンに、町に住むカトリック信者の名前をリストにして提出せよという命令が下ったかもしれない。町には当然ながらカトリック信者が大勢いた。ヘンリー・ストリートを下ったところに住む毛織り反物《たんもの》商人ジョージ・ウェイトリーはカトリック信者だったし、フォアブリッジ・ストリートの角で宿屋を経営するコードリー家の息子などはイエズス会士になっていた。通りの西端に住む反物商人ジョージ・バジャーはジョンが昵懇《じっこん》にしていたカトリック信者だったし、カトリックの参事会員ジョン・ホイーラーはシェイクスピアの家の並びに住んでおり、やがてシェイクスピア家と縁組をするクイニー家やナッシュ家も熱烈なカトリックだった。

そうした仲間たちを裏切る真似はできないと考えたジョンが、公務から身を引こうとしたとしても不思議ではない。そしてジョン自身、法廷に出廷して、自分は社会の治安を乱すものではないと、保証金を払って誓言をしなければならなかった。

しかも、一五七〇年代の羊毛不足は羊毛業者が値をつりあげるために在庫をおさえているせいであるとされ、不正取引をしている業者に対して一五七七年、公正な取引に従事する保証金として一〇〇ポンドという大金を収めるよう義務づけられた。金儲けに精を出してきたジョンがその犠牲となった可能性は高い。大金が必要となった。

一五七八年にジョンは、妻メアリの姉の夫エドマンド・ランバートから、家とウィルムコートの土地五六エーカーを担保にして四〇ポンドの借金をした。翌七九年には、スニッターフィールドの土地を売却した。この年に一番下の娘アンが、八歳で死亡した。泣きっ面に蜂だ。

一五八〇年に法廷に出廷して保証金を払わなかったという名目でジョンに科された罰金は四〇ポンドだった。ノッティンガム在住の帽子屋ジョン・オードリーの場合は、自らの不出廷に六〇ポンドを科せられたうえ、ジョン・シェイクスピアを法廷へ連れてこなかった咎《とが》で一〇ポンドの罰金を加算された。ジョンは持っていた不動産を担保に親族から金を借り続けていた。

青春、結婚

一五七九年、一五歳のウィリアムはもう学校を卒業していたはずだ。家業の手袋製造を手伝ったのだろうとも言われるが、多感な時期を本も読まずに過ごしたとは考えがたい。ただ、当時、本は貴重品で高価だった。傾きかけていたシェイクスピア家に、本を購入する余力はなかったはずだ。では、ウィリアムはどこで本を読んだのか。

この時期ウィリアムが何をしていたのか明確な手がかりはないものの、カトリック貴族の多く住むランカシャー州で家庭教師をしていたのではないかとする説がある。一五八一年八月に亡くなった貴族アレグザンダー・ホートンの遺言書には、次のような記述があるのだ。

トマス・ホートンが役者たちを扶養しない場合、騎士サー・トマス・ヘスケスがこの楽器と芝居の衣裳を所有することが私の遺志である。そして当該サー・トマスが、今、私とともに住むフルク・ギョームおよびウィリアム・シェイクシャフトに親切にしてくれるよう心より望む。この二人を召し抱えるか、よい主人を見つけるかしてやってほしい。

シャフト(槍の柄)とスピア(槍)は似たようなものだから、これはシェイクスピアのことを指すのではないかという。確かに当時は名前の綴りがいいかげんだった。シェイクスピアは、シャクスピールともシャクスバードとも綴られた。

ウィリアムとホートン家とを結ぶ手がかりは、ほかにもある。ウィリアムを学校で教えたジェンキンズ先生の後任として、一五七九年にキングズ・ニュースクールに赴任してきた先生ジョン・コタムの名前が、ホートンの遺言書に使用人として挙げられているのだ。コタム先生の実家はホートン家のすぐ近くにあり、コタム先生は卒業生のウィリアムをホートン家に家庭教師として紹介したのかもしれない。もしそうなら、ウィリアムは貴族の書斎で読書三昧の生活を送ることができたはずだ。

　さらに遺書からもうかがえるように、この家には「役者たち」がいたから、ウィリアムはその人々とつながりを持ったと想像したくなる。しかも、シェイクシャフトの世話を頼まれた騎士ヘスケスの隣人には、第四代ダービー伯爵ヘンリー・スタンリーがいた。その息子ストレインジ卿ファーディナンドー・スタンリーの抱える劇団、ストレインジ卿一座には、のちにウィリアム・シェイクスピアと演劇活動をともにする役者たちが揃っていた。彼らと知り合いとなったのは、このときだったのではないかと考える学者もいる。

　ウィリアムが一七歳ぐらいまで何をしていたのか定かではない。ただ、一八歳のとき、ストラットフォード・アポン・エイヴォンにいたことは確かだ。隣村ショタリーに住む八歳年上の女性アン・ハサウェイの体に子種を宿しているからである。

　シェイクスピアが喜劇『お気に召すまま』のなかで語る《人生の七つの時代》によれば、学校を卒業した青年は「恋する若者」となって「炉のような熱い溜息をつき、恋人の眉に捧げる悲しい歌を書く」とある。シェイクスピアも、溜息をついて恋の歌を書いたのだろうか。この頃シェイクスピアが書いたかもしれない詩句として残っているのは、次のようなものだ。

贈り物はささやか　　The gift is small,

The will is all,
Alexander Aspinall

気持ちはこまやか
アレグザンダー・アスピノール

じょうずに押韻がしてあり、シェイクスピアらしい詩心が垣間見える。これは、学校に新しく赴任してきたアレグザンダー・アスピノール先生がジョン・シェイクスピアの店で女性のために手袋を買ったとき、手袋に添えられた一句であり、作者はウィリアムだったのではないかと言われている。

ウィリアムは、恋の詩を自分の恋人アン・ハサウェイのためにも書いたのかもしれない。ハサウェイ家は地元の古い農家であり、一家の長女アンは、弟妹の面倒を見、パンを焼き、肉を塩漬けにし、バターを作り、エール酒を醸造し、牛、豚、馬の世話をした。要するに何でもこなす女性だったようだ。当時の田舎の主婦としてめずらしくないが、一八歳の青年の目からは頼もしく見えただろう。しかも、前年の一五八一年九月にアンの父親が死に、アンは結婚する際に六ポンド一三シリング四ペンスの遺贈を受けることになっていた。

ウィリアムがどこまで理性を働かせていたのかはわからない。だが、恋愛において理性は働かないものだと『夏の夜の夢』でも語られるように、ウィリアムはおそらく夢中になってしまったのだろう。その結果、アンは妊娠する。

当時は、「手を握り合う婚約」という風習があった。手を握って誓い合うだけで、二人は結婚同然とするという考え方である。互いに夫婦になると誓ったのなら夫婦も同然とする当時の考え方を知らないと、『夏の夜の夢』でヘレナが乙女の慎みもかなぐり捨ててディミートリアスを追いかけるのは単なるストーカー行為に見えてしまうかもしれない。だが、ディミートリアスはヘレナの夫も同然なのだとわかれば、彼がほかの女にうつつを抜かす愚行は許せないという状況が見えてくるだろう。似たような状況は、『終わりよければすべてよし』でも描かれている。

アン・ハサウェイのコテージ

結婚が社会的告知と結びつけられるようになった今日と、当時の考え方はちがっていた。そのことをもっとも端的に示す例は、『ロミオとジュリエット』だろう。二人はモンタギュー家の御曹司とキャピュレット家のご令嬢であるが、両家の知らないうちに肉体関係を結んでしまう。しかし、二人はロレンス神父のもとで結婚をしたのであり、神がみそなわせばよく、世間がそれを知っているかどうかは重要ではないのだ。

もちろん、夫婦関係になる前に神前で誓う必要があり、そのことは『尺には尺を』で問題として描かれているし、『テンペスト』でもプロスペローが婿に釘を刺している。シェイクスピアの反省が劇に表れているといったところだろうか。

アンの実家はシェイクスピアの家から歩いて行ける距離にあり、その家は、現在「アン・ハサウェイのコテージ」として観光スポットになっている。二人はその家で密かに会い、結婚を誓ったのだろう。それにしても一八歳で結婚とは、当時にしても早かった。一六〇〇年のストラットフォード・アポン・エイヴォンにおける男性の平均結婚年齢は二八歳だ。八歳年上の女性と結婚するのも異例であり、当時の花嫁は平均して花婿より二歳年下だった。

だが、妊娠した以上は結婚の儀式を急がなければならなかった。さもないと生まれてくる子どもの父親がいないことになってしまう。妊娠四ヵ月の花嫁と一八歳の花婿の挙式は、一五八二年一一月二七日、ストラットフォード・アポン・エイヴォンから西に八キロメートルも離れた、アン・ハサウェイが所属するテンプル・グラフトン教区の教会で執り行われた。ストラットフォード・アポン・エイヴォンで行わなかったのは、そこではもはやカトリックの挙式が行えなかったからではないかという説もある。

翌八三年五月二六日に長女スザンナが誕生した。のちに成人してカトリックとして記録された女性である。

カトリック弾圧

カトリック弾圧の風が強くなっていた。一五八三年一〇月二五日、アーデン家の娘婿ジョン・サマヴィルがストラットフォード・アポン・エイヴォン近くの村エドストーンで、「カトリックの教義を貫くためにエリザベス女王を射殺する」と公言して逮捕された。即座にトマス・ルーシーがアーデン家に家宅捜索に入り、自宅にカトリックの司祭を匿っていたエドワード・アーデンを逮捕した。

このアーデン家の家長は、ウィリアム・シェイクスピアの母メアリ・アーデンのまたいとこの息子にあたる人物だ。エドワード・アーデンは、一二月三〇日、ロンドンの公開処刑場タイバーンにて首吊り・内臓抉《えぐ》り・四つ裂きの刑を受けた。これは残虐極まる刑として知られている。首を吊り、息絶える前に縄を切って蘇生させ、性器を切り取り、内臓を抉り出し、心臓を取り出して、それをまだかろうじて意識のある本人の鼻先に突きつけてから火に投じると同時に斬首し、遺体を四つ裂きにして、手足と首の五点をあちこちに晒《さら》すのである。アーデンの頭部は、ロンドン橋の南端で棒に突き刺されて晒された。

その妻メアリ・アーデンも逮捕されたが、恩赦を受けて釈放されている。同姓同名のシェイクスピアの母メアリ・アーデンには嫌疑は及ばなかったようだが、シェイクスピア家が震え上がったことは想像に難くない。

ウィリアム・シェイクスピアの身近に、そうした極刑を受けた人たちが多かった。グラマースクールでウィリアムを教えたトマス・ジェンキンズ先生の恩師エドマンド・キャンピオンの場合を見てみよう。オックスフォード大学で秀才として知られたキャンピオンは、一五六九年、大学にエリザベス女王を迎え、御前で公開討論を行って女王の好意を得ていた。ところが、その後イングランド国教会と妥協した自分を責め、考えを改めてイエズス会士としてイングランドでカトリック布教活動を行ったため逮捕され、拷問を受けたうえに、一五八一年一二月、首吊り・内臓抉り・四つ裂きの刑を受けた。

ジェンキンズ先生の後任のジョン・コタム先生の弟のトマスは、イエズス会修道士として逮捕され、一五八二年五月三〇日、タイバーンでやはり首吊り・内臓抉り・四つ裂きの刑を受けた。コタム先生は、弟が処刑される直前に学校を辞めて行方をくらました。

ジェンキンズ先生の前にウィリアムを四年間教えたサイモン・ハント先生は、イエズス会士となって一五七五年に学校を辞め、その三年後に学校の生徒だったロバート・ディブデイルを連れて町を去った。イエズス会士となったディブデイルは、一五八五年一〇月にタイバーンで首吊り・内臓抉り・四つ裂きの刑に処された。まかりまちがえば、シェイクスピアも同じ目に遭っていたかもしれない。

一方、一五八五年二月二日には、シェイクスピアとアンとのあいだに、男の子ハムネットと女の子ジューディスのふたごが生まれていた。シェイクスピアは、二〇歳の若さで三児の父となっていたのだ。定職にもついておらず、父親は職を失い、家は借金で苦しみ、養うべき家族は多かった。妹の一人は八歳で亡くなったが、このときいた兄弟は四人だった――一八歳の弟ギルバート、一五歳の妹ジョウン、一〇歳の弟リチャード、四歳の弟エドマンドである。一一人家族という大所帯であるのに、収入の当てはなかった。

一五八六年にはジョンが町の参事会員の栄誉を剝奪《はくだつ》される。完全に社会的立場を失ったのだ。ジョンは不動産のことで親族と争い、裁判沙汰を起こしていた。シェイクスピア家は不動産を担保に親族から金を借りていた。義理の兄弟であるエドマンド・ランバートに担保として渡したウィルムコートの土地は一五八〇年に返却してもらう約束だったが、エドマンドは借金を完済しないかぎり担保は返せないと主張し、ジョンも同意した。ところが、一五八七年にエドマンドが亡くなると、担保についての口約束を知らなかった息子ジョン・ランバートが「土地はランバート家が購入したものだ」と主張した。そのため、シェイクスピア家は交渉をして一五八七年九月二六日に、ジョン・ランバートがさらに二〇ポンドをシェイクスピア家に支払えば、土地の所有権をランバート家に譲るという同意をした。ところが、この金が支払われなかったため、翌一五八八年にシェイクスピア家は裁判に訴えた。この裁判記録から「ジョンの息子ウィリアム」が少なくとも一五八七年九月に両親とともにいたことがわかる。

ところが、このあとウィリアムは忽然《こつぜん》と記録から消えてしまう。三人の幼い子どもと妻、両親、弟や妹たちを故郷に残して、ロンドンへ出たと思われるのだ。

シェイクスピアの失踪、アルマダの海戦

一五九二年、ジョンは国教忌避者(イングランド国教会の礼拝への出席を拒否する者)の名簿に名前を記載されたうえに、教会へ来ていない咎で新たに罰金を科せられることになる。カトリック弾圧の矛先がいつシェイクスピア家に向くか、わからなかった。嫌疑の目をかけられれば、あとは拷問につぐ拷問で自白を強要されてしまう。だから、罪を犯したかどうかではなく、嫌疑の目を向けられるかどうかが問題だった。

この頃起こった大きな事件に、一五八八年に新興国イングランドが強国スペインの無敵艦隊(いわゆるアルマダ)を打破するというものがあった。

それまではスペイン帝国の力は強大であり、一五八四年に日本から来た天正遣欧《てんしょうけんおう》少年使節(大友宗麟《おおともそうりん》、大村純忠《おおむらすみただ》、有馬晴信《ありまはるのぶ》ら九州のキリシタン大名がローマへ派遣した四人の少年使節)を歓待したのも、スペイン国王フェリペ二世だった。その絶大な勢力を誇るスペイン帝国の

鼻をイングランドが明かしたのだ。このあとスペインは次第に衰退し、代わって大英帝国が「太陽の沈まない国」と呼ばれる道を歩みはじめる。

アルマダ艦隊撃沈の際、ウィリアム・シェイクスピアと同い年の二四歳だったウィリアム・アダムズという男は、フランシス・ドレイク指揮下にあるイングランド船団の貨物補給船リチャード・ダフィールド号船長として戦闘に参加していた。このウィリアムに実戦の経験があったことは、日本史の流れを大きく変えるのに役立ったかもしれない。というのも、このウィリアムは日本に初めてやってきたイギリス人であり、徳川家康に大いに取り立てられることになるからである。この話の続きは第三章の冒頭ですることにしよう。

ウィリアム・シェイクスピアもこのアルマダの海戦に駆り出されたのではないかとする説もある。徴兵は全国規模で行われたので、報酬ほしさに兵士になったという可能性も否定はできない。だが、シェイクスピアは、一五八七年にストラットフォード・アポン・エイヴォンにやってきた巡業劇団について一緒にロンドンへ出たと考える学者が多い。そのあとすぐ演劇活動に携わっているからだ。のちにロンドンで役者となった一番下の弟エドマンドは、このとき兄についていったのだろう。

その頃、ストラットフォード・アポン・エイヴォンの町に巡業にやってきた劇団は多数あり、シェイクスピアが（仮に劇団に入ったとして）どの劇団に入ったかの手がかりはない。だが、注目すべきは、その当時一番人気だった女王一座であろう。というのも、この劇団のレパートリーには、『リチャード三世の真の悲劇』、『ヘンリー五世の有名な勝利』、『ジョン王の乱世』、『レア王』など、のちにシェイクスピアが執筆する『リチャード三世』、『ヘンリー五世』、『ジョン王』、『リア王』といった戯曲のもととなる劇が多数あったからだ。

しかも、一五八七年六月に女王一座団員のウィリアム・ネルが喧嘩《けんか》騒ぎで死亡しているため、シェイクスピアがその代わりに入団したのではないかとも言われている。また、女王一座ほどの劇団が素人をいきなり採用したとは思えないので、シェイクスピアは最初しばらくレスター伯一座かどこかに在籍して、そこから女王一座へ移ったのではないかとする説もある。

女王一座は、道化役者リチャード・タールトンを擁していることで知られていた。おかしな顔をして観客を沸かせ、『タールトンのジョーク』と題された笑い話集を書き残した男だ。シェイクスピアもその演技に大いに笑い、のちに道化役を書くときの参考にしただろう。だが、一五八八年九月にタールトンが疫病に罹って病死し、女王一座は衰退した。

失われた年月

代わりに脚光を浴びたのは、ストレインジ卿一座だった。この一座は一五八八年九月末に再編成されて、のちにシェイクスピア喜劇の道化役を演じることになるウィリアム・ケンプ（一五六〇頃〜一六〇三頃）、のちに初代フォールスタッフ役者となるトマス・ポープ（?〜一六〇三）、それからやはりシェイクスピア劇に出演することになるジョージ・ブライアン（?〜一六一三）ら、元レスター伯一座の数名が加わった。シェイクスピアがこのときストレインジ卿一座に加わった可能性も否定できない。

ストレインジ卿一座が重要なのは、のちにシェイクスピアたちが結成する宮内大臣一座のメンバーのほとんどが元ストレインジ卿一座だからだ。ストレインジ卿一座は、一五九〇年には当代一の悲劇役者エドワード・アレンを抱える海軍大臣一座と合同公演を行うほどの実力をもっていた。シェイクスピアがもっとも初期に書いた『ヘンリー六世』第二部・第三部は、この合同公演によって初演されたと考えられる。第二部に出てくる反乱者ジャック・ケイドを演じたのは一座のウィリアム・ケンプだったであろう。ケンプはモリス・ダンスの踊り手としても有名であり、ケイドはモリス・ダンスを踊るように飛び跳ねる。

ストレインジ卿一座には、ほかにシェイクスピア作品の主役を演じ続けるリチャード・バーベッジ（一五六七頃〜一六一九）や、『から騒ぎ』でケンプの相手役を務めたリチャード・カウリー（?〜一六一九）など、のちのシェイクスピアの仲間たちが多数在籍していた。

『ヘンリー六世』第二部・第三部の本の表紙にはペンブルック伯一座によって上演されたと

エドワード・アレン（1566〜1626）

記されているが、この頃、落ち目だったペンブルック伯一座はストレインジ卿一座や海軍大臣一座と融合していたのである。なお、第一部は、一五九二年三月三日にストレインジ卿一座によってローズ座で上演された記録がある。

『ヘンリー六世』第三部で殺されるヨーク公を演じたのは、この当時最高の役者と見なされていたエドワード・アレンだっただろう。ヨーク公は「女の皮をかぶった虎の心め」と、敵の王妃マーガレットを罵った末に死ぬ。このせりふをもじって、売れない劇作家ロバート・グリーンが小冊子『グリーンの三文の知恵』（一五九二年九月二〇日書籍登録）で「役者の皮をかぶった虎の心め」と記したのは、アレンを揶揄《やゆ》するものと思われる。グリーンは、アレンのために『狂えるオーランドー』や『ベイコン修道士とバンゲイ修道士』などの劇を書いて大いに稼がせてやったのに、金の無心をしても援助してくれなかったのを逆恨みして、アレンを「我らの羽根で美しく身を飾った一羽の成り上がり者のカラス」と罵り、「この国で舞台を揺り動かせる《シェイク・シーン》のは自分一人なのだ、とうぬぼれている」と断じたのだ。アレンは、舞台を踏みならして大仰な演技をすることで知られていた。

まだ、どこにも作者シェイクスピアの名前は出てこなかった。この当時、『ヘンリー六世』の作者がだれかを気にする者はいなかったのだ。ちょうど歌舞伎を見るとき、出演する役者が誰かを気にするように、エドワード・アレンのような花形役者の出演が重要なのであって、作者が誰なのかは、江戸時代初期の歌舞伎の狂言作者と同様、あまり問題にされなかったのである。また、当時は何人かの書き手が共同で一冊の台本を書きあげることは日常茶飯事だったので、シェイクスピアは最初、台本の補筆などを手伝ううちに、少しずつ場面を書くように任されていったのかもしれない。『エドワード三世』や『サー・トマス・モア』など、シェイクスピアが一部のみを執筆した作品もある。

ストレインジ卿一座は、事実上エドワード・アレンを筆頭とするイギリス一の劇団として、一五九一年以降は女王一座に代わって宮廷上演を行うようになった。ただし、前述のとおり、劇団員としてのシェイクスピアの名前は一五九四年の宮内大臣一座結成まで出てこない。前年五月六日付のストレインジ卿一座への勅許に名前が挙がったのは、エドワード・アレンを筆頭にして、ウィリアム・ケンプ、トマス・ポープ、ジョン・ヘミングズ、オーガスティン・フィリップス、ジョージ・ブライアンの六名のみだった。

シェイクスピアの名前が初めて活字となったのは、一五九三年六月にロンドンで出版された詩集『ヴィーナスとアドーニス』のなかだった。その本を開いてみると、青年貴族サウサンプトン伯爵ヘンリー・リズリーへこの本を捧げるという献辞の下に「ウィリアム・シェイクスピア」の名前が印刷されていた。翌九四年に出版したシェイクスピアの詩篇『ルークリースの凌辱』にも、作者「ウィリアム・シェイクスピア」の名が記されていた。

サウサンプトン伯（1573～1624）

ふっと田舎町から行方をくらました青年が次に姿を現したとき、ロンドンで今をときめく若き伯爵に詩を献じる詩人となっていたわけだ。しかも、一五九三年までには『ヘンリー六世』三部作、『リチャード三世』、『タイタス・アンドロニカス』などの悲劇や、『ヴェローナの二紳士』や『じゃじゃ馬馴らし』などの初期喜劇を書き進めていたはずなのに、名前を出さないまま執筆活動を続けていたことになる。一五八七年から一五九三年まで、二〇代のほとんどが記録から消えている。彼が何を考え、どんな思いで人知れず執筆を続けたのか、一切がわからない。この期間を「シェイクスピアの失われた年月」と呼ぶ。

第２章

宮内大臣一座時代

エリザベス女王（1533〜1603）

エドワード・アレン率いるストレインジ卿一座

のちに宮内大臣一座のライバルとなる海軍大臣一座は、疫病蔓延《まんえん》による公演不振などの理由で一五九一年に事実上一時解散しており、そのために海軍大臣一座の看板役者エドワード・アレンはストレインジ卿一座と結びついて活動を続けていた。ローズ座の経営者である興行師フィリップ・ヘンズロウは、花形役者アレンが率いるストレインジ卿一座の勢いに目をつけ、ストレインジ卿一座を迎えるためにローズ座の観客席を四〇〇〜五〇〇席増やす大改築を行った。

これを受けてストレインジ卿一座は、一五九二年二月一九日、ロバート・グリーン作の喜劇『ベイコン修道士とバンゲイ修道士』公演で新ローズ座を開場し、シェイクスピアの『ヘンリー六世』再演を含むさまざまな公演（トマス・キッド作『スペインの悲劇』再演、クリストファー・マーロウ作『マルタ島のユダヤ人』再演、ロバート・グリーン作『狂えるオーランドー』再演など）を続けて大成功を収めた。同年九月三日にロバート・グリーンは極貧のなかで死んだが、顧みる者はいなかった。一方、これらの公演で主役を演じ続けて成功を収めたアレンは、ヘンズロウとの結びつきを強固にしていく。

アレンは、一五九二年一〇月、ヘンズロウの義理の娘と結婚した。そして、二〇ポンド一〇シリング六ペンス相当の「金銀の刺繡《ししゅう》が施された袖付き黒のベルベットのマント一着」

を所有するほど羽振りがよくなった。著作権などない当時、劇作家は新作の戯曲を書いても六ポンドもらってそれっきりであるのに、役者たちは公演がヒットすれば、その収益をまるまる自分たちのものにできたのだ。

シェイクスピアは、二歳年下のエドワード・アレンの大活躍をまぶしく仰ぎ見ていただろう。シェイクスピアが注目を集める以前から、アレンはクリストファー・マーロウ作『タンバレイン大王』、『フォースタス博士』、『マルタ島のユダヤ人』などの主人公を演じて人気を博していた。マーロウはシェイクスピアと同い年だったが、ケンブリッジ大学卒のエリートだった。一方、田舎からぽっと出のシェイクスピアは、『ヘンリー六世』などの歴史劇を書いて劇団に上演してもらう機会を得たばかりであり、まだ世に名前が出ることはなかった。

クリストファー・マーロウ（1564〜93）

ロンドンは若者の集まる繁栄の町であると同時に、疫病の町でもあった。町に水道や下水設備はなく、衛生面での配慮がほとんどなされなかったため、病気が蔓延すると、患者を出した家が閉鎖されたり、病原菌を運ぶと誤解された犬が大量に殺されたりした。『ロミオとジュリエット』で大切な知らせを運ぶジョン修道士が途中で疫病騒ぎに巻き込まれて足止めを食らう話は、ロンドンの観客がよく知っている状況に基づいていた。疫病による死者が週三〇名を超えると、人が集まる劇場も閉鎖され、上演は禁止された。とくに一五九三年にはロンドンで一万人を超える死者が出たため、ストレインジ卿一座を含む多くの劇団が地方に巡業に出た。

アレンは一五九三年八月一日、巡業先のブリストルからロンドンの妻ジョウンのもとに、「ネズミちゃん」と妻に呼びかける愛情あふれる手紙を書いている。妻は読み書きができなかったので、誰かが代わりに手紙を読んだり代筆したりしたのだろう。手紙のなかでアレンは「もっと手紙をくれるなら、シュルーズベリーか、ウエストチェスターか、ヨークの配達人に渡して、ストレインジ卿一座が来るまで留め置くようにしてください」と指示している。巡業に出ても手紙のやりとりはできたわけだ。だが、シェイクスピアのこのような手紙は一通も残っていない。

シェイクスピアは、一五九三年のストレインジ卿一座の巡業に同行しなかったかもしれない。アレンは同行した役者仲間のことをほとんど手紙に書かず、リチャード・カウリー(のちの宮内大臣一座メンバー)やトマス・ダウントン(のちの海軍大臣一座メンバー)ぐらいの名前しか出てこないため、アレンの手紙から手がかりを得ることはできない。

のちにシェイクスピアが発表する『ソネット集』(シェイクスピア風ソネットと呼ばれる十四行詩一五四篇を収録)が一五九三年から書きはじめられていることを考えると、この年は巡業に出ず、ロンドンの下宿にこもって、詩作と劇作に専念していたのかもしれない。長時間馬に乗って移動したうえに舞台に立つという生活を繰り返していては、新作を考える時間を確保するのも気力を維持するのもむずかしかっただろう。それに、この頃シェイクスピアが役者として活動したことを示す手がかりは一つもない。ストレインジ卿一座との関わりは、当初は劇作家としてのみだったかもしれない。

一五九四年四月一六日、ストレインジ卿一座のパトロンだった第五代ダービー伯ファーディナンドー・スタンリーが亡くなった。突然の変死であり、親カトリック派であることを警戒されて政府に毒殺されたのではないかという噂《うわさ》もたった。シェイクスピアが逃れてきたはずのカトリック弾圧の魔の手が再び身近なところまで迫っていた。

パトロンを失って不安が高まるなか、栄光を担うエドワード・アレンが九四年五月一四日にローズ座での海軍大臣一座の新旗揚げに加わることになり、他の劇団員たちと袂《たもと》を分かった。これによりシェイクスピアは、まだ無名の役者リチャード・バーベッジ（二七歳前後）を頼りにすることになる。

後代に作られた有名な笑い話が残っている——あるとき『リチャード三世』の公演後、主役を演じたリチャード・バーベッジを気に入ったあるご婦人が楽屋へやってきて、その夜「リチャード三世」と名乗って自宅に来てほしいと頼んだ。それを立ち聞きしたシェイクスピアは先回りしてその婦人宅に上がり込み、もてなしを受けていると、ドアのところでリチャード三世の来訪が告げられた。それを聞いたシェイクスピアは、「リチャード三世よりもウィリアム征服王が先だ」と言ったという小話。たわいもないジョークではあるが、二人が行動をともにしていたことを示す点では真実を映しているかもしれない。

宮内大臣一座

一五九四年六月三日、元ストレインジ卿一座は新たなパトロンとして、宮内大臣でもあるハンズドン卿ヘンリー・ケアリーを迎え、宮内大臣一座と名前を変えた。ヘンリーは一五九六年七月に亡くなったため、息子のジョージ・ケアリー（一五四七〜一六〇三）が劇団を継いだが、そのときジョージはまだ宮内大臣ではなかったため、劇団は一時「ハンズドン卿一座」を名乗る。翌年ジョージは宮内大臣となり、劇団名は宮内大臣一座に戻った。その後も歴代の宮内大臣がパトロンを引き継ぎ、エリザベス女王が亡くなるまで海軍大臣一座と並んでイングランドの二大劇団となった。

一五九四年六月三日〜一三日、海軍大臣一座と宮内大臣一座の最後の合同公演がニューイントン・バッツ座で行われた。この合同公演ののち、海軍大臣一座はローズ座へ戻っていき、これ以降、二劇団はライバルとして競い合うようになる。

この合同公演では日替わりでいろいろな作品が上演され、アレンは『マルタ島のユダヤ人』の主人公の悪党バラバスを演じたほか、シェイクスピアの『タイタス・アンドロニカス』では、自分の息子を斬り殺したり自分の手首を斬り捨てたりする激しいタイタスを演じ、また、『じゃじゃ馬馴らし』ではじゃじゃ馬の妻を従えるペトルーキオを演じたと考えられる。いずれも荒々しい演技で知られたアレンにふさわしい役だ。

奇妙なのは、六月九日に『ハムレット』上演の記載があることだ。これはシェイクスピアが六年後に書く『ハムレット』ではないはずだ。区別するために学者たちが『原ハムレット』と呼ぶ旧作である。おそらく『スペインの悲劇』を書いたトマス・キッドの作だろうとされている。一五八九年には劇作家トマス・ナッシュが『ハムレット』に言及しており、一五九六年には劇作家トマス・ロッジが、「ハムレット、復讐《ふくしゅう》しろ」と牡蠣《かき》売り女のような情けない声で叫ぶ亡霊が出てくる芝居が上演されたことを小冊子に記している。この古い『ハムレット』の詳細はわからないが、荒々しい演技で知られたアレンが演じる『ハムレット』を観たシェイクスピアが、リチャード・バーベッジとともに、《思考するハムレット》を作ろうと語り合ったと想像しても、あながち的外れではないだろう。

シェイクスピアが自分の『ハムレット』を執筆したとき、主人公ハムレットに次のように語らせているのはアレンの演技を揶揄しているのではないかと指摘する学者もいる。

こんなふうに手で空《くう》を切るのもやめてくれ。穏やかに動かすんだ。感情が高ぶって激流となり、嵐となり、竜巻となるときこそ、それをよどみなく表現するための抑制がなければならぬ。ああ、かつらをつけた大根役者が熱情をぼろぼろに引き裂いてみせるのはまったく腹に据えかねる。わけのわからぬだんまり芝居かどたばたにしか反応しない平土間の客の耳を劈《つんざ》くぐらいしかできんのだ。鞭打ちの刑に処してやりたいね。回教徒の荒神様ターマガントや暴君ヘロデもかくやとばかりの荒事ぶりだ。どうか、それだけは避けてくれ。〔中略〕ああ、巷でほめそやされる役者たちの芝居を観に行ったことがあるが、神を冒瀆《ぼうとく》するつもりはないものの、キリスト教徒の話し方ではなかった。キリスト教徒だって異教徒だっておよそ人間ならあんな歩き方はしない。ふんぞり返って、どなるような大声を出し、神様の見習いが作り損ねた人間かと思うほどひどい演技だった。（第三幕第二場）

また、『マルタ島のユダヤ人』でキリスト教徒に復讐を図るユダヤ人についても、アレンのどなりちらすユダヤ人の演技を見て、恨みを胸に秘めたユダヤ人の話に変えようと思って『ヴェニスの商人』のシャイロックを造形したのかもしれない。

この頃、劇作家ジョージ・ピールは、荒々しい悪党のムーア人が王位を奪う『アルカザルの戦い』(一五八九年頃)などを書いていた。『オセロー』のムーア人とは雲泥の差だ。シェイクスピアはそうした先輩劇作家たちの作品の上演を観て、自分は何を書くべきか思い定めたのかもしれない。

この時期、ローズ座での海軍大臣一座の連続上演ぶりはすさまじかった。レパートリー方式で演目を少しずつ変えながらほぼ毎日のように上演していたのだ。一五九四年六月一五日からはじまった海軍大臣一座の単独公演の演目はその年二〇数本あった。そのなかには新作『パラモンとアーサイト』のような、のちのシェイクスピアの『二人の貴公子』のネタになりそうな作品もあった(テクストは残っていない)。一五九五年六月から一年間、海軍大臣一座は三〇〇回の公演を打っていて、演目としては三六本(うち新作二〇本)あった。シェイクスピアはそれまでにも数多くの芝居を観ていただろうが、ローズ座での上演は観られるかぎり観たのではないだろうか。

宮内大臣一座は、一五九四年のクリスマス・シーズンにグリニッジの宮廷に呼ばれて、一二月二六日と二八日に女王陛下の前で上演した(演目不詳)。その報酬を劇団員へ支払った翌年三月一五日付の書類に、報酬受領者名として名前を記された三人がいる。すなわち、リチャード・バーベッジ、道化役者ウィリアム・ケンプ、それからウィリアム・シェイクスピアだ。ようやく演劇界で、シェイクスピアの名前が記録されたわけである。

グローブ座以前

シェイクスピアの劇場と言えば「グローブ座」が有名であり、今日ロンドンのサウスバンクでは復元されたグローブ座での上演が続けられているが、一五九四年当時、まだグローブ座は存在していなかった。宮内大臣一座の活動拠点となったのは、ロンドン北郊のショアディッチ地区にあったシアター座とカーテン座だった（本章後出の地図参照）。

シアター座は、役者リチャード・バーベッジの父親ジェイムズ・バーベッジが二一年契約で土地を借り、一五七六年に建設した。本格的な劇場としてはイギリス初の劇場である。その構造は当時のエリザベス朝の大型劇場の例にもれず、吹き抜けの青天井、幕のない張り出し舞台、立ち見の平土間などを特徴とする。

一五九五年にテムズ河南岸に建てられたスワン座を九六年頃に訪れたオランダ人旅行者ヨハネス・デ・ウィットがスケッチした絵が残っており、これにより当時の劇場の内部の様子がわかる。デ・ウィットによれば、この劇場には三千人の観客が収容できたという。こうした劇場で上演される作品にはどういった特徴があるのか、その詳細については本書第4章で語ることにしよう。

シェイクスピアの作品が上演される場所は劇場とは限らず、地方巡業のときは貴族の私邸で上演する場合もあり、ロンドンでは法学院のホール等で上演することもあった。一五九四年一二月二八日には、シェイクスピアの初期喜劇『まちがいの喜劇』がグレイズ・イン法学院のホールにて上演されたことが記録に残っている。

一五九五年頃『ロミオとジュリエット』はカーテン座で初演された。シアター座の近くのカーテン通りという場所に建てられた劇場だ。『ヘンリー五世』の序詞役が、「このO型の木造小屋に広大なフランスの戦場が入りきるでしょうか」と言うときも、カーテン座を指していると考えられており、シアター座やのちのグローブ座と同じ構造をしていたようだ。

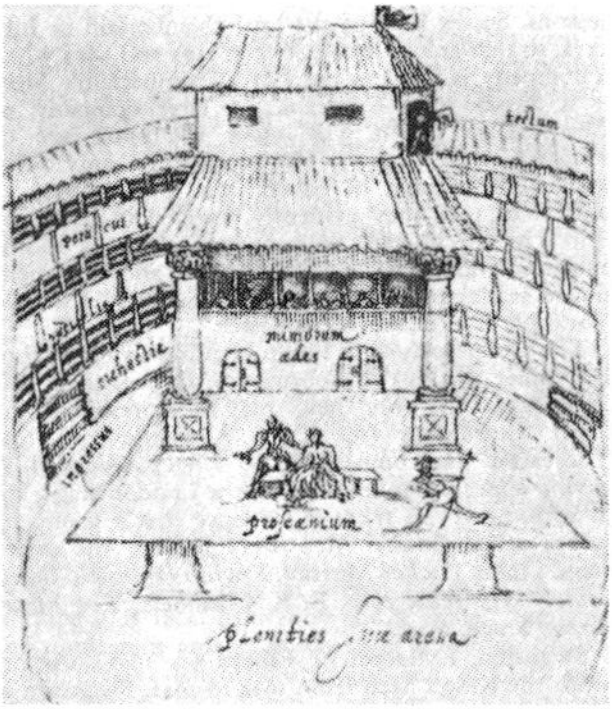
当時描かれたスワン座内部

『夏の夜の夢』の初演は、エリザベス女王の右腕と言われた大蔵大臣バーリー卿ウィリアム・セシルの孫娘にして女王の女官だったエリザベス・ドゥ・ヴィアと第六代ダービー伯ウィリアム・スタンリーの結婚披露宴（一五九五年一月二六日挙式）を祝って宮廷で行われたという説がある。また、シェイクスピアの劇団のパトロンであった宮内大臣ハンズドン卿の孫娘エリザベス・ケアリーとバークレー卿トマスの結婚披露宴（一五九六年二月一九日挙式）を祝って宮廷で行われたとする説もある。いずれにせよ、そののちシアター座で一般客のために上演されたはずだ。さまざまな上演場所を模索しながら、劇団は上演を続けていた。

シェイクスピアはこれ以降、年に三、四本のペースで新作を書いていく。かなり早いペースである。

故郷に錦を飾る

一五九六年八月、長男ハムネットの訃報が届いた。一一歳だった。

これを機会に故郷に帰り、六五歳となった父と再会したのがきっかけか、ウィリアムは父がやりかけて果たさなかった紋章申請を再び行い、一五九六年一〇月二〇日、シェイクスピア家は晴れて紳士階級となった。新たに与えられた紋章に書かれた標語は「ノン・サン・ドロワ」(権利なきにあらず)。盾の上で鷹《たか》が翼を広げ、右足の鉤爪で金の槍をつかんでいる図案だ。

このことは、劇作家仲間のベン・ジョンソンが書いた喜劇『気質なおし』(一五九九年)でからかわれた。すなわち、宮廷人志願の愚かな田舎者ソグリアードが紳士になりたくて紳士の身分を買い取ると、辛口の道化に「で、紋章は手に入れたのかい、紋章は?」と尋ねられ、「ありがたいことに、これで紳士と名乗れるよ。ここに特許状がある。三〇ポンドもかかったんだ」と答える。すると、そばで聞いていた騎士が、「君の紋章はとてもめずらしい。標語は『辛子なきにあらず』とするがよい」と言うのである。これは「権利なきにあらず」のもじりであろう。

この劇は宮内大臣一座によって上演された喜劇であり、シェイクスピア自身が出演したことが知られているジョンソン作『気質くらべ』（一五九八年）の続編だ。そのため、この劇にもシェイクスピアが出演した可能性は高い。自分をからかったこんな劇を自分の劇団で上演させ、出演もしたとなれば、シェイクスピアもずいぶん懐の深い男だと言えそうだ。逸話では、ジョンソンが自作の『気質くらべ』を持ち込んで劇団に却下されたにもかかわらず、シェイクスピアがジョンソンを呼び戻して、作品を読み、ただちに採用を決めたという。逸話の真偽のほどは疑わしいが、シェイクスピアが劇団内でそれほどの力を持っていたということは本当だっただろう。

紋章の図案

シェイクスピアの懐の深さは、作品の描き方にも反映されている。この頃執筆した喜劇『ヴェニスの商人』では、当時蔑視されていたユダヤ人の視点も取り入れ、キリスト教徒たちの偽善性が暴かれる。世の中の大きな流れに与《くみ》せず、少数派の見方も否定しないのが、シェイクスピアの書き方だ。

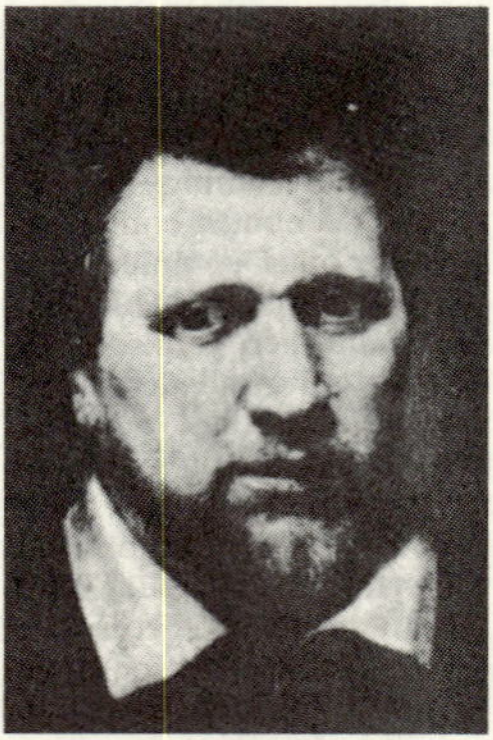

ベン・ジョンソン（1572〜1637）

一五九六年末にシアター座の地主ジャイルズ・アレンと宮内大臣一座とのあいだに諍《いさか》いが起こる。シェイクスピアはそれを予期していたのか、サザック地区のスワン座を使いたいと考えたらしく、スワン座の経営者フランシス・ラングリーに接触していた。ところが、サザック地区北西のパリス・ガーデンズと呼ばれるこの地域を牛耳る悪徳治安判事ウィリアム・ガードナーはスワン座を閉鎖しようとしていたようで、ラングリーと対立していた。シェイクスピアはそのいざこざに巻き込まれ、九六年一一月、判事の義理の息子によって、ラングリーとともに訴えられてしまった。一緒に訴えられた者のなかにはその界隈でいかがわしい安宿を経営する女将《おかみ》も含まれていた。

くわしい事情は定かではないが、シェイクスピアがこうした界隈の連中に交じって暮らしていた可能性は高い。九六年にはビショップスゲイトの聖ヘレンズ教会の教区（現在の最寄り駅はリヴァプールストリート）に住んでいたが、一五九九年までにはテムズ河を渡ってサザック地区に暮らしていたようだ。

次に手がけた『ヘンリー四世』で主人公のハル王子がいかがわしい界隈の連中に交じって

暮らす場面が多く描かれるとき、シェイクスピア自身の実体験が生かされているのかもしれない。『ヘンリー四世』では、きわめて喜劇的な酒呑みで女好きの肥満の騎士サー・ジョン・フォールスタッフを活躍させた。フォールスタッフは縦にも横にも大きな人物なので、小柄な道化役者ケンプが演じたとする説は受け入れられない。一五九〇年頃『七大罪』で陽気な将軍を演じたことが知られ、《威張り屋兵士》の役を専門としたトマス・ポープが演じたと思われる。

その次に書かれたのは『ウィンザーの陽気な女房たち』だ。『ヘンリー四世』のフォールスタッフをいたく気に入ったエリザベス女王が「この男に恋をさせよ」と命じて書かれた作品だという〝伝説〟もある。『ウィンザーの陽気な女房たち』は、シェイクスピア作品中唯一当時のイングランドの市民が主人公となっているめずらしい作品だ。ひょっとすると、この作品の構想は、シェイクスピアがついに紳士となって故郷に錦を飾り、自分の田舎町に滞在している最中に練られたのかもしれない。

一五九七年五月四日、シェイクスピアは故郷ストラットフォード・アポン・エイヴォンで二番目に大きな家屋敷ニュー・プレイスを購入し、妻子を住まわせた。購入額六〇ポンドというのはお値打ち価格であり、町の経済が不況なときを狙って、うまく立ち回ったのである。庭が二つ、納屋が二つあったという。

時にシェイクスピア、三三歳。長女スザンナの一四歳の誕生日まであと二二日だった。しばらく家に滞在して、妻アン（41）、次女ジューディス（12）とともに誕生日祝いをしたであろう。父（66）、母（60）、妹ジョウン（28）、弟リチャード（23）も健在だった。妹はこの数年後に帽子屋ウィリアム・ハートと結婚する。弟ギルバート（30）はロンドンで針や糸、リボンなどを商う雑貨商となっていたが、兄の成功を聞きつけたためか、一六〇二年までに故郷に戻ってくる。シェイクスピアとともにロンドンで役者をしていた末弟エドマンド（17）も、このとき一緒に故郷に帰ってきていただろうか。女役はもう卒業している年齢だった。

どのような活躍をしたのか記録は一切ない。

シェイクスピアは故郷でゆっくりし、創作の面でも少し息をつく。

ロンドンでは七月に、ベン・ジョンソンとトマス・ナッシュが書いてスワン座で上演した『犬の島』が、女王陛下やコバム卿ヘンリー・ブルックら政府高官を愚弄するものだとして、出演したガブリエル・スペンサーとロバート・ショー及び作者の一人ジョンソンが逮捕され、マーシャルシー監獄へ入れられた。ナッシュはロンドンから逃亡して、逮捕を免れている。二人の役者はただちに釈放され、ジョンソンも一〇月には出獄し、上演したペンブルック伯一座も活動を再開したが、スワン座の再開は認められず、経営者フランシス・ラングリーは致命的な打撃を受けた（スワン座は一六〇二年のラングリーの死後しばらくして再開した）。

シェイクスピアはそんなニュースを故郷で聞き、関わり合いにならずにすんでよかったと胸をなでおろしていたかもしれない。

その年一〇月以降に、『ロミオとジュリエット』はカーテン座で再演された。故郷に錦を飾ったシェイクスピアは、劇作家としての評判を高めていく。

名前が出る

一五九七年一二月二六日に『恋の骨折り損』が女王陛下の前で宮廷上演された。宮内大臣一座は、結成以来クリスマス・シーズンに御前上演を打っていたが、演目の記録が残っているのはこの日が初めてだ。ひょっとすると、エリザベス女王が観た初めてのシェイクスピア作品は『恋の骨折り損』だったかもしれない。

功なり名を遂げて、ようやく劇作家シェイクスピアの名前が活字になった。一五九八年に出版されたシェイクスピアの喜劇『恋の骨折り損』（初演は一五九四年頃）の本の表紙に「W・シェイクスピアによって新たに訂正加筆」と印刷されたのが、記念すべき最初の事例である。

それまでシェイクスピアの戯曲は作者名抜きで刊行されていたのだ。著作権などのなかった当時、作者に対する概念が今日とは大きく異なっていたことがわかるだろう。一五九八年に再版された『リチャード二世』第二版、第三版と『リチャード三世』第二版の表紙にも「ウィリアム・シェイクスピア作」と記されていた。これは画期的なことだ。翌年の『ヘンリー四世・第一部』第二版、翌々年の『ヘンリー四世・第二部』初版、『ヴェニスの商人』初版、『夏の夜の夢』初版、『から騒ぎ』初版にも表紙にシェイクスピアの名が記載された。

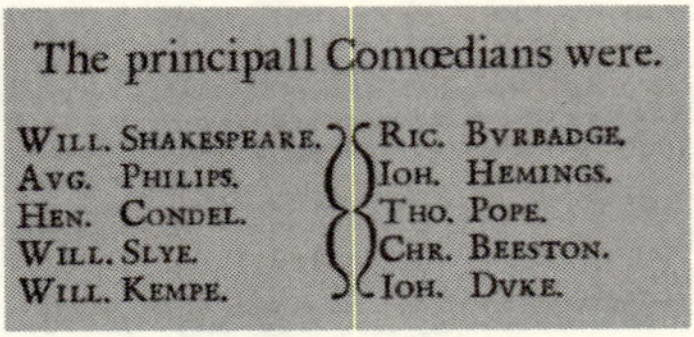
The principall Comœdians were.

WILL. SHAKESPEARE.	RIC. BVRBADGE.
AVG. PHILIPS.	IOH. HEMINGS.
HEN. CONDEL.	THO. POPE.
WILL. SLYE.	CHR. BEESTON.
WILL. KEMPE.	IOH. DVKE.

『気質くらべ』の出演者表

一方、役者としての名前も記載されている。一五九八年七月から九月のあいだに宮内大臣一座はベン・ジョンソンの新作『気質くらべ』を上演したのだが、その出演者表（一六一六年のジョンソン全集に掲載）の筆頭にシェイクスピアの名前が掲げられたのだ。おそらく父親役をシェイクスピアが演じ、その賢い召し使い役はバーベッジ、道化役をケンプ、そして大言壮語の臆病な軍人をポープが演じたのであろう。

シェイクスピアの出演記録はこれが初めてであり、ベン・ジョンソン作『セジェイナスの没落』（一六〇三年）の出演者一覧と、最初の全戯曲集ファースト・フォーリオの出演者一覧に名前がある以外、実はシェイクスピアが舞台に立った記録はない。のちに一六〇四年三月一五日に新国王ジェイムズ一世がロンドンへ入城する際に行列に加わった九人の役者の筆頭として名前が挙げられているので、国王一座の筆頭とは言えようが、具体的に何を演じたのかの手がかりはない。

伝説では、『ハムレット』の亡霊を演じたとか、『お気に召すまま』で死にそうな老人アダムを演じたとか言われているが、根拠はないのである。

同時代のヘレフォードの詩人ジョン・デイヴィスが「我らがイングランドのテレンティウス、ミスター・ウィリアム・シェイクスピアへ」と題する詩（一六一〇年）で、「善良なるウィルよ、私は戯れに声をかぎりに歌うが、君も戯れに王様の役を演じてこなかったか」と記しているため、シェイクスピアは王様の役を多く演じたのだと言われる。

The principall Tragœdians were,

RIC. BURBADGE.	WILL. SHAKE-SPEARE.
AUG. PHILIPS.	IOH. HEMINGS.
WILL. SLY.	HEN. CONDEL.
IOH. LOWIN.	ALEX. COOKE.

『セジェイナスの没落』の出演者表

だが、この「戯れに」(in sport) とはどういう意味だろうか。

これまで常に舞台に立っていたのだとしたら、一六〇五年の『ヴォルポーネ』、一六一〇年の『錬金術師』、一六一一年の『カティリナ』の出演者表にシェイクスピアの名前がないのはなぜか。シェイクスピアは一六〇三〜四年に舞台に立つのをやめたと考える学者も多い。

一六〇七年に宮廷上演があったとき、バーベッジ、ヘミングズ、アーミンらの名前はあるが、シェイクスピアの名前はない。学者ジョナサン・ベイトはこれを根拠に、シェイクスピアはこのときまでに役者をやめたと結論づけている（『時代の魂』二〇〇九年）。ベイトが指摘するとおり、シェイクスピアが自分の劇に出演したことを示す証拠はなにもない。

また、シェイクスピアの演技がうまかったのかどうかについては、矛盾する記録が残っている。好古家ジョン・オーブリー（一六二六〜一六九七）はシェイクスピアが「非常に上手に演じた」と記し、詩人ニコラス・ロウ（一六七四〜一七一八）は「役者としてより、詩人としてのほうが遥かに優れていた」と記す。どちらもシェイクスピアの時代よりあとの人であり、いずれの伝聞も当てにはならない。しかし、劇作家としての評判は残っており、そのなかでもっとも注目すべきは、シェイクスピアと同時代の著述家フランシス・ミアズ（一五六五〜一六四七）がその著書『パラディス・タミア——知恵の宝庫』（一五九八年）に記した次のような記述だろう。

ギリシャ神話のエウポルボスの魂がピタゴラスのなかに生きていると思われたように、オウィディウスの甘美にして機知に富む魂は、なめらかで蜜の舌を持つシェイクスピアのなかに生きている。彼の『ヴィーナスとアドーニス』を見よ。彼の『ルークリース』を見よ、私的な仲間うちで読まれている彼の甘いソネット集などを見よ。

プラウトゥスとセネカがラテン語世界の喜劇と悲劇の最高峰と見なされているように、

英語ではシェイクスピアが喜劇でも悲劇でももっとも優れている。喜劇については彼の『ヴェローナの紳士たち』を見よ。彼の『まちがい〔の喜劇〕』、彼の『恋の骨折り損』、彼の『恋の骨折り甲斐』、彼の『夏の夜の夢』、そして彼の『ヴェニスの商人』を見よ。悲劇については、彼の『リチャード二世』、『リチャード三世』、『ヘンリー四世』、『ジョン王』、『タイタス・アンドロニカス』、そして彼の『ロミオとジュリエット』を見よ。

詩の女神たちがラテン語を話したら、プラウトゥスの言葉を話すだろうとエピウス・ストロが言ったように、詩の女神たちが英語を話したら、シェイクスピアのきめ細かく彫《ちょう》琢《たく》された言葉を話しただろうと私は言う。

『恋の骨折り甲斐』が何を指すのかは不明であり、『から騒ぎ』の別名かとも言われる。

こうしてシェイクスピアは、劇作家として最高の名声を手に入れた。それと同時に故郷では不動産にも手を出そうとしていた。一五九八年一月二四日、ストラットフォードの町長エイブラハム・スターリーは、義理の弟である参事会員リチャード・クイニー宛てに、「我らの同郷人シェイクスピア氏は、いくらかの金を投じてショタリー付近に一ヤードランド〔三〇エーカー〕程度の土地を求めるご意向です」と書き送った。「氏を説得して我々の一〇分の一税徴収権を買い取ってもらう」ことができれば、町の財政が潤うと考えたのだ。町長の目から見て、シェイクスピアは町を救う力のある富豪だった。

この頃、天候不順で町の経済は低迷していた。穀物が不足し、人々は困窮していたのだ。そんな矢先、一五九八年二月四日付の公的書類に、シェイクスピアが一〇クォーター（二八八〇リットル）のモルトないし穀物を貯め込んでいると記載された。値がつりあがるのを待って売るつもりだったのだろう。すばらしい作品を書くシェイクスピアが一方でこんな金儲けをしていたのか、と幻滅する人は多い。困っている人のために何でも与えてしまうタイモンという男の悲劇を一〇年もしないうちに描くシェイクスピアだが、このとき彼が考えていたのはまず保身だった。長いあいだ貧乏をさせてきた両親と妻子に少しでも楽をさせたいという気持ちもあっただろう。

シェイクスピアは、町長が期待したほどすぐには「一〇分の一税徴収権」を購入しなかった。これは土地から収穫された穀物や家畜の割合に応じて農夫が収める税の一割をもらい受ける権利のことで、巨額な投資をする者に譲られるものだった。

シェイクスピアは慎重だった。結局一六〇五年に「一〇分の一税徴収権」を購入するのだが、このときは見送った。というのも、不作続きで町の経済は傾き、収穫の実入りは期待できなかったからだ。

のちにストラットフォード・アポン・エイヴォンの町長となる参事会員リチャード・クイ

ニーはこのとき、町の窮状を訴えるためにロンドンに出てきていた。町への税金免除と援助金の支給増額を求める嘆願に出てきてロンドンで四か月も滞在を余儀なくされ、クイニーは借金を抱えていた。この借金をシェイクスピアに肩代わりしてもらえないかと、一五九八年一〇月二五日、クイニーはシェイクスピア宛てに手紙を書いている。

親愛なる同郷の士へ。友人として僭越《せんえつ》ながら、三〇ポンドのご援助をお願い申し上げる……ロンドンでの我が負債すべてを返済するご助力を頂ければ、ご厚情を神に感謝し、甚だ安堵致します。私は今、仕事を片付けるために枢密院へ向かわねばなりません。神の御心あれば、私のせいで金銭も信用も失うことはありません……また、もしさらにお取引くださる場合は、お支払いくださる金額はそちらでお決めください……。

この手紙は投函《とうかん》されることなく、クイニーの手元に残っていた。おそらく直接会えたので、投函の必要がなくなったのだろう。もしシェイクスピアの手に届いていたら、個人的やりとりの痕跡を慎重に消し去ったシェイクスピアは、ほかの手紙同様処分していたことだろう。一一月四日付で町長からリチャード・クイニーに「我らの同郷人ウィリアム・シェイクスピア氏が金を調達してくれるそうだ。時間や場所、方法がわかればありがたい」と認《したた》めた手紙が送られているから、シェイクスピアは結局ひと肌脱いだようだ。

このリチャード・クイニーの息子トマス（一五八九〜一六六二頃）は、のちにシェイクスピアの次女ジューディス（一五八五〜一六六二）と結婚する。町長の息子と町の成功者の娘の縁談だ。日常的には寡黙だが、動くべきときには動くのがシェイクスピアのスタイルだったようだ。

グローブ座

それまでシェイクスピアの劇団は、ロンドン北郊にあったシアター座を本拠地としていた。リチャード・バーベッジの父親ジェイムズ・バーベッジが一五七六年に建てた劇場だったが、ジェイムズは一五九七年二月二日に死亡し、同年四月一三日に借地契約が切れることになっていた。経営は息子のカスバートとリチャード・バーベッジの手に委ねられ、地主ジャイルズ・アレンは契約更新の条件として、地代をそれまでの年間一四ポンドから二四ポンドに引き上げ、土地に建つ劇場の所有権も五年後に地主のものとするという条件をつきつけてきた。

交渉はもつれて、シアター座の使用は中止され、宮内大臣一座は近隣の小さなカーテン座を代用せざるを得なかった。『ロミオとジュリエット』の初演は、カーテン座で行われたことが知られている。『から騒ぎ』も一五九八年に書かれたとしたらカーテン座が初演になる。

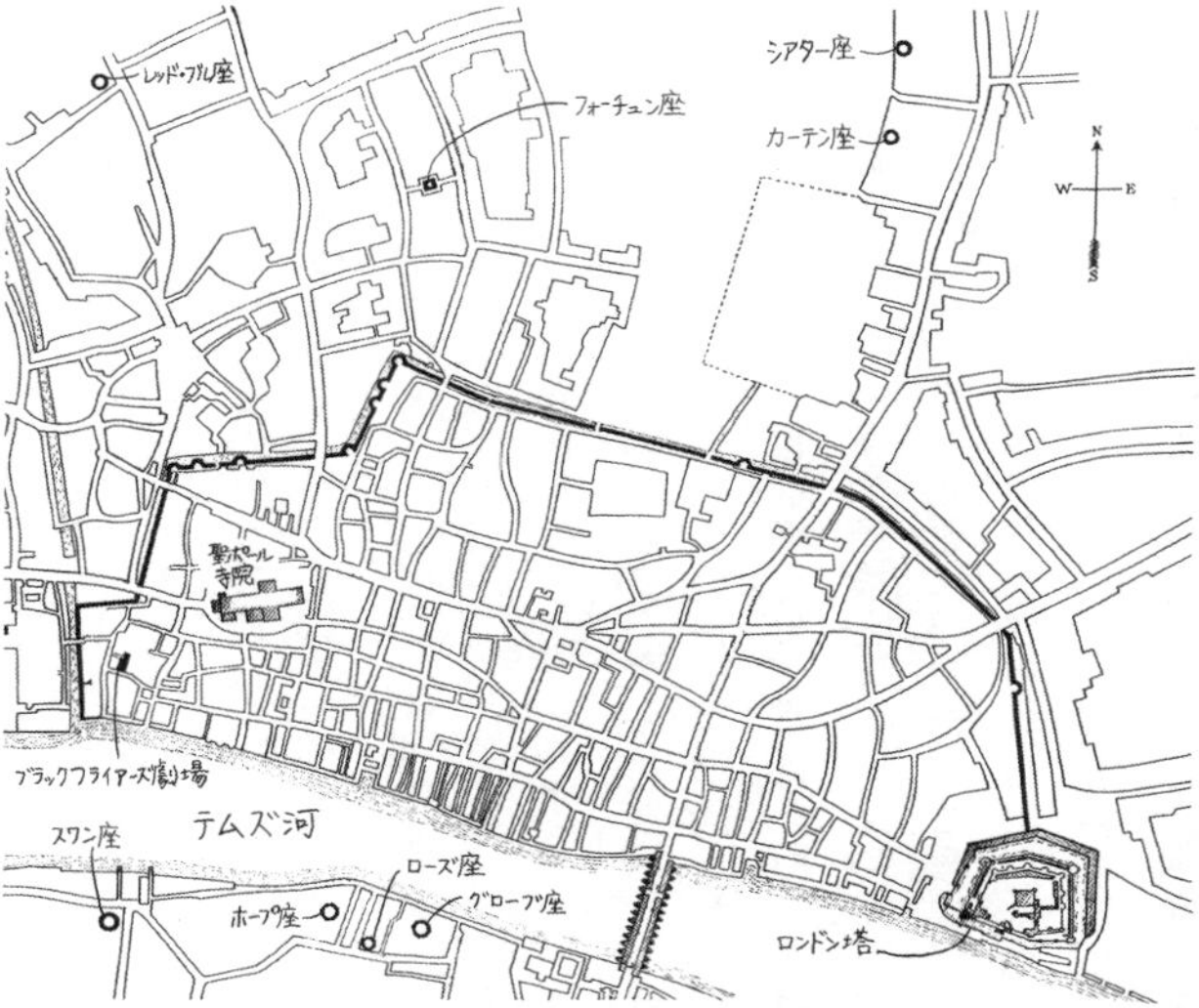

エリザベス朝時代のロンドン（黒い太線の城壁で囲まれている部分が市内）

劇団は経済的に困窮した結果、一五九九年までに一一作品の良質なテクストを出版者に売り渡して収入としている。

　土地を借りているだけなのに劇場まで奪い取られてなるものかと、劇団員は劇場の引っ越しを決行した。一五九八年一二月二八日の豪雪の日、シアター座を解体してその材木をテムズ河の南側のバンクサイドと呼ばれる地域に運び、そこに劇場を建て、名前を新しくグローブ座とつけたのである。

　現在「シェイクスピアのグローブ座」が建てられているのは、ほぼもとのグローブ座があった場所であり

（二〇〇メートルほどずれているという）、藁《わら》ぶきの屋根や三階建ての客席など、当時のグローブ座の構造がそのまま再現されている。なぜテムズ河を渡ったところに建てたのかと言えば、当時ロンドン市内に劇場を建てることが許されていなかったからだ。かつてロンドン市は壁に囲まれており、その壁の外側ならば劇場も建てられたというわけだ。

グローブ座の柿落《こけら》しは、一五九九年六月一二日。演目はおそらく『ジュリアス・シーザー』だったであろう。『ヘンリー五世』がグローブ座オープニングの芝居だという説もあるが、学者ジェイムズ・シャピロは『ヘンリー五世』はカーテン座で初演されたとしている（『シェイクスピア生涯における一五九九年』）。

グローブ座では続けて『お気に召すまま』や『十二夜』などの円熟喜劇が上演され、一六〇〇年には『ハムレット』が執筆、上演された。シアター座よりも立地条件のよい場所に本拠地を移し、観客の数も増えて、宮内大臣一座はついに好条件に恵まれたと言えよう。

入場料金はパン一斤の値段と同じ一ペニー。平土間で立ち見をするのがいやなら、もう一ペニー払ってギャラリー席に座れた。さらに一ペニー追加すると二階席に座れ、もう一ペニー追加すると三階席に座れ、さらに一ペニー追加するとクッションを貸してもらえた。

道化役者ウィリアム・ケンプは、グローブ座を建てるときに出資したにもかかわらず、この劇場の舞台に立つことはなかった。シェイクスピアと大喧嘩をして劇団を飛び出したのだ。

ケンプは翌年二～三月に実質九日をかけてロンドンからノリッジまでモリス・ダンスを踊りながら旅をしてみせ、それを『ケンプの九日間の驚異』（一六〇〇）と題する小冊子に記した。シェイクスピアは、ケンプが出ていったあとも、よっぽど腹にすえかねたのか、その年に執筆した『ハムレット』のなかで次のようにハムレットに語らせている。

それから、道化を演じる者には、決められた台詞以外は喋らせるな。自分から笑い出して、馬鹿な客どもの笑いを誘おうとする奴がいるが、そのあいだ、肝心の芝居の中身がないがしろにされる。ひどいものだ。そういうことをする道化の野望はあさましい限りだ。

（第三幕第二場）

ケンプは、アドリブが得意な道化役だった。一五九二年一〇月新作としてローズ座で翌年一月まで七回公演があった『悪党を見分けるコツ』（作者不明）が本として出版されたときには、「ケンプの拍手喝采のお楽しみつきでエドワード・アレンとその仲間たちによって何度も上演された」と表紙に書かれたほどの役者だった。しかし、台本どおりの演技を求めるシェイクスピアと真っ向から対立したらしい。「やさしい《ジェントル》」と呼ばれたシェイクスピアだが、仕事に対しては厳しかったようだ。

グローブ座再建のために主要劇団員が出資しあったため、それに応じて上演の収益を配当として分け合う「株式」の方式が採られ、主要劇団員は株主と呼ばれた。一五九八年時点での株の配分は、全体を一〇とすると、バーベッジ五、ヘミングズ一、シェイクスピア一、フィリップス一、ポープ一、ケンプ一の割合だったが、退団したケンプの持ち分はバーベッジ以外の四人で分配された。シェイクスピアの死亡時には、グローブ座の一株で年二五ポンドの収入となった。ストラットフォード・アポン・エイヴォンの学校教師が年収二〇ポンド、日雇い労働者が年収八ポンドだった時代の話である。

シェイクスピアが故郷に錦を飾れたのは、これまでも上演の収益を分け合ってきたからであり、著作権のない戯曲を書いたからではなかった。他の役者仲間たちも何人かは田舎に家を購入している。ヘンリー・コンデルはミドルセックス州フルハムに家を購入し、グロスターシャー州で不動産を買い、オーガスティン・フィリップスはサリー州モートレイクに家を購入した。リチャード・バーベッジは一六一九年に亡くなったとき、三〇〇ポンド相当以上の不動産を妻に遺している。

エリザベス女王治世の終焉

一五九八年、エリザベス女王は、四〇年にもわたって女王の政治を支え続けてきた大蔵大臣バーリー卿ウィリアム・セシルを失った。七七歳だった。女王はセシルの死に滂沱《ぼうだ》したという。セシルは、「人の借金を払う者は自分の破滅を招く。同胞とは親しくせよ、ただし、敬意を払え。偉大な人物を常に友とせよ」と長々しく続く『処世訓』（一六一六）を著し、スパイ組織を牛耳っている人物だった。『ハムレット』で教訓を垂れ、スパイを放つ宰相ポローニアスに共通する点が多い。

セシルは晩年、息子ロバート・セシルとともに政務にあたり、かつてエリザベスの寵臣であった第二代エセックス伯ロバート・デヴァルーと対立するようになった。エセックス伯は、一五九九年のアイルランドの叛乱鎮圧に失敗して失脚した末、女王の怒りを買って、ワイン輸入税独占権も取り上げられ、経済的にも逼迫《ひっぱく》してしまった。その結果、エセックス伯が考えたのは、仲間とともに、女王の右腕として政治の実権を握る国王秘書長官ロバート・セシルを排除するクーデターを起こすことだった。

ウィリアム・セシル（1520～98）

かつてシェイクスピアがその詩集を捧げた第三代サウサンプトン伯ヘンリー・リズリーも、エセックス伯の一味となった。一味は、一六〇一年二月五日に、王に退位を要求する場面を含めて『リチャード二世』を上演するよう、宮内大臣一座に依頼した。一座は四〇シリングの追加料金をもらって、二月七日にグローブ座でこの劇を上演した。

その翌日、クーデターは決行されたが、その日のうちに鎮圧され、エセックス伯とサウサンプトン伯はロンドン塔に投獄された。二人は女王に対する大逆罪の有罪判決を受け、エセックス伯は二月二五日に処刑された。

エセックス伯（1566〜1601）

ある逸話によればその年八月、エリザベス女王は古文書記録官ウィリアム・ランバードに向かって、「私はリチャード二世よ。知らなかった？」と言ったという。自分が退位を求められる立場にあることを嘆いたのであろう。

サウサンプトン伯は終身刑となったが、一六〇三年にジェイムズ一世が即位したときに恩赦を受けて自由の身となり、爵位も回復した。宮内大臣一座は、とくに咎められはしなかったようだが、さすがに一六〇一〜二年冬の宮廷には招かれなかった。

叛乱をおさえた結果、ロバート・セシルは覇権を維持し続け、女王の跡を継ぐのはスコットランド王ジェイムズ六世と取り決めるべく、一六〇一年五月以降、水面下で動きはじめた。

父の死、女王の死

一六〇一年九月八日には、シェイクスピアの父ジョンが亡くなり、聖トリニティ教会に埋葬された。遺書はなかった。七〇歳前後だったと思われる。

ヘンリー・ストリートの実家は三七歳のウィリアムが相続することになった。そこには母（64）と、妻（45）と長女スザンナ（18）と次女ジューディス（12）、帽子屋ウィリアム・ハートと結婚した妹ジョウン（32）とその息子ウィリアム（1）が一緒に暮らしていた。この頃にはシェイクスピアは、ロンドンと行ったり来たりの生活をしていただろう。

一六〇二年二月二日、ロンドンのミドル・テンプル法学院で『十二夜』が上演され、法学院生ジョン・マニンガムがこのときのことを記録している。

ロンドンで活躍する一方で、ウィリアムは故郷の不動産に投資をはじめた。一六〇二年五月一日には、小さな村ビショップストーンとウェルコームの耕地一〇七エーカー及び牧草地二〇エーカーをクーム家から三二〇ポンドで購入した。九月一六日にはストラットフォード・アポン・エイヴォンのチャペル・レインにある小屋と庭つきの土地を購入した。

一六〇三年二月二日、宮内大臣一座は宮廷へ行き、エリザベス女王の御前で上演した。これが女王陛下のご覧になった最後の芝居となったようだ。女王は一六〇三年三月二四日に亡くなり、四月二八日に盛大な葬儀が執り行われている。

第3章

国王一座時代と晩年

ジェイムズ一世（1566～1625）

二人のウィリアム

シェイクスピアと同じ年に没した徳川家康（一五四三〜一六一六）の支配下にあった日本に目を向けると、この時代を理解する手がかりが得られる。というのも、一六〇三年にイングランド国王となったジェイムズ一世がシェイクスピアを大いに気に入ったように、一六〇三年に江戸幕府を開いた家康のもとにも、シェイクスピアと同い年のウィリアムという名のイギリス人がいて、家康の外交顧問として大いに重用されたからだ。

日本に初めてやってきたイギリス人でもあるこの男、ウィリアム・アダムズ（一五六四〜一六二〇）は、外国人で初めてサムライとなって三浦按針《みうらあんじん》の名を与えられた。そして日本橋大伝馬町名主の娘お雪と結婚し、長女をスザンナ、長男をジョゼフと名づけた。長女の名前は、奇しくもシェイクスピアの長女と同名である。

当時、日本でキリシタンといえば、カトリック教徒を意味した。キリシタン大名も、細川ガラシャ夫人も、島原の乱のキリスト教徒も、みなカトリック教徒である。その教えを日本にもたらしたのは、南蛮人と呼ばれたスペイン人やポルトガル人だった。これに対し、プロテスタントを奉じた新興国のオランダ人やイギリス人を、日本では紅毛人《こうもう》と呼んだ。

日本に紅毛人がやってきたのは遅かった。ウィリアム・アダムズを乗せたオランダの商船リーフデ号が豊後《ぶんご》の国（大分県）臼杵《うすき》の佐志生《さしう》に漂着する一六〇〇年四月二九日（慶長五年三月一六日）まで、紅毛人の存在は日本において知られていなかったのである。

アダムズが日本にやってきたことで、家康はそれまで南蛮人から聞いていた世界像が実際とは異なると気づく。そして、南蛮人がカトリックの宣教師を送り込み、各地に教会を建てて勢力拡大を図るのに対し、教会権力に拠らないプロテスタントの紅毛人が、布教を求めず、高度な技術や知識によって実利をあげることに家康は感銘を受け、彼らを取りたてるようになる。

ヤン・ヨーステン記念碑

リーフデ号のオランダ人航海士ヤン・ヨーステンの和名「耶揚子《やようす》」の屋敷のあった場所が「八代洲《やよす》」と呼ばれ、のちに「八重洲《やえす》」となったのは、いかに紅毛人が重用されたかを示す一例である（現在、日本橋三丁目交差点の中央分離帯にあるヤン・ヨーステン記念碑にリーフデ号も描かれている）。

しかも、アダムズのリーフデ号には大砲一九門が積まれていた。アダムズが日本にやってきたその年に勃発した関ヶ原の戦いで家康がアダムズらの大砲を利用しない手はなかった。スペイン側の史料にも、アダムズらがもたらした洋式の大砲が使用されたとの記載がある。日本の天下分け目の戦いに、シェイクスピアと同い年のウィリアムの活躍があったかもしれないと考えれば、少し時代が見えてくるだろう。

アダムズは家康のために一六〇三年に八〇トンの西洋式帆船を造り、翌年には一二〇トンの船を造って、三浦按針という名とともに旗本としての二五〇石の領地を賜った。一方、シェイクスピアは一六〇三年末に国王に『お気に召すまま』を披露し、クリスマス・シーズンの宮廷御前上演では国王一座は八本もの劇を所望され、そのうちジョンソン作の悲劇『セジェイナス』御前上演ではシェイクスピア自身が役者として舞台に立った。

一六〇四年一一月一日のホワイトホール御前上演では、〝シャックスバード〟作『オセロー』が上演された記録がある。宮廷の記録係にとっては、まだシェイクスピアの名前は馴染みがなかったようだ。『オセロー』が上演された三日後、同じ舞台で『ウィンザーの陽気な女房たち』の上演がなされた。そのときの国王陛下登場の様子が記録されている。「その数一五から二〇ものコルネットとトランペットが、一種のレチタティーヴォをとても上手に吹奏しはじめ、それから陛下が天蓋の下にお一人で着座なさった……。ご自分の下の段の二つの三脚椅子に大使たちを坐らせ、王室や裁判所の高官たちはベンチに坐った」（E・K・チェインバーズ『エリザベス朝の演劇』第四巻）。

宮廷そのものが、ある種のパフォーマンスの空間だったのだ。別の劇の上演のあと一週間後には『尺には尺を』、『まちがいの喜劇』なども御前上演がなされ、そののちシェイクスピアは国王のための特別な新作を書きはじめる。

同い年のウィリアムが、日英両方の支配者のために大活躍していたわけである。

国王一座

話を国王即位の時点に戻そう。一六〇三年三月二四日、スコットランド国王ジェイムズ六世が、イングランド国王ジェイムズ一世として即位すると、シェイクスピアの劇団は国王一座となった。同年五月一九日に国王から劇団に与えられた勅許状には、二番目にウィリアム・シェイクスピアの名前が挙がっていた。

一六〇三年四月からロンドンには疫病が蔓延して、五月二六日以降、市内の劇場はすべて閉鎖され、あらゆる劇団は地方巡業に出ざるを得なかった。国王一座は一六〇三年のあいだにリッチモンド、バース、コベントリー、シュルーズベリー、モートレイク、ウィルトンハウスを訪れた。

一二月二日、ウィルトンハウス宮殿に国王が滞在中、国王一座は招かれて公演し、三〇ポンドの報酬を得た。通常の劇場で公演して六〇〇人の来場があっても入場料収益は二ポンド半程度だったから、いかに気前のよい報酬かがわかろう。

国王は一二月中にハンプトン・コート宮殿に移り、そこでも劇団は一二月二六日から翌年二月一八日まで六回の御前上演を行った。劇団としては国王のためなら、いくらでも演じようという気分だっただろう。

だが、悦ばしいことばかりではなかった。一六〇三年に初代フォールスタッフ役者トマス・ポープが、疫病に罹って死亡したのだ。ポープの住んでいたサザック地区(グローブ座のある地区)は、とりわけ死者が多かった。

一六〇四年二月八日に国王は、疫病のために市内での上演ができない見舞金として、三〇ポンドを劇団代表のリチャード・バーベッジに与えた。国王は、自分の劇団を厚く保護したのである。

一六〇四年三月一五日、市内に戻っても安全なまで疫病がおさまったと判断され、国王が戴冠式のためにロンドン塔からウエストミンスターまで、鳴り物入りの華やかな行列で通る際に、市内七ヵ所で《余興》が催された。

シェイクスピアもこの盛大な見世物を観に行っただろう。ビショップズゲイトとフェンチャーチ・ストリートでの野外劇は、シェイクスピアよりやや若い劇作家のトマス・デカー

（34）とベン・ジョンソン（32）が台本を書いた。なにしろロンドンの七ヵ所に巨大な凱旋《がいせん》門《もん》が建てられたのだから、豪勢だった。エドワード・アレンはロンドンを導く「善霊」に扮してスピーチを朗唱した。アレンにとって、これは引退前の最後の演技だったかもしれない。

エリザベス女王には気に入られなかったジョンソンだったが、ジェイムズ一世には愛され、これを機に宮廷仮面劇を頻繁に書くようになる。デカーは、こののちロンドン市長のためのパジェント（壮大な行列を伴う出し物）の台本を少なくとも三回書いている。だが、シェイクスピアは、仮面劇や余興は一つも書いていない。ひょっとするとシェイクスピアは宮廷からの依頼をジョンソンに譲ったりしたことがあったのだろうか。ベン・ジョンソンはシェイクスピアについて、「本当に正直な男で、裏表のない、ざっくばらんな性格（an open and free nature）だ」と述べ、シェイクスピアのファースト・フォーリオでも巻頭の言葉で褒めちぎっている。ジョンソンは決闘で人を殺すような気性の男だが、シェイクスピアに対しては恩義が色々とあったのかもしれない。

1604年に建てられた凱旋門

一六〇四年四月九日にようやくロンドン市内の劇

場の閉鎖が解けると、国王一座はいよいよその活動を開始する。シェイクスピアの執筆のほうも順調で、一六〇四年までには『オセロー』を仕上げた。ポープの代わりとしてウスター伯一座から移籍してきたジョン・ローウィンが、イアーゴーを演じている。イアーゴーの年齢を二八歳としたのは、ローウィンの実年齢に合わせたのだろう。ローウィンはヘンリー八世、フォールスタッフも演じ、主役リチャード・バーベッジの相手役を務めたことが知られている。

ジョン・ローウィン（1576～1659）

大切な友

常に慎重に保身を考えていたシェイクスピアは、疫病の蔓延したサザック地区から引っ越しをする。新しい下宿先はロンドン市内に見つけた。クリプルゲイトと呼ばれる北門のすぐ南、東西に伸びるシルヴァー・ストリートにあるフランス人髪飾り職人の家に下宿したのである。通りを南下すれば数分でチープサイドの大通りに出て、さらに西へ進めば、書店が並び、人で賑《にぎ》わう聖ポール寺院の境内に出る。熊いじめ小屋やら売春宿やらがひしめくサザック地区とはちがって、シルヴァー・ストリートは金持ちが多く住む上品な通りだった。

この下宿先を見つけるにあたって、シェイクスピアは、同郷の友リチャード・フィールドの手を借りたことだろう。フィールドはこのとき、シルヴァー・ストリートの目と鼻の先のウッド・ストリートに住み、ロンドンで有数の出版業者となっていた。

フィールドは、とても重要な友人だった。シェイクスピアの詩集『ヴィーナスとアドーニス』と『ルークリースの凌辱』を印刷・出版してくれただけではない。シェイクスピアが『ジュリアス・シーザー』をはじめとする戯曲を書くのに大いに頼りにしたプルタルコス（四六頃～一二〇頃。英語の発音ではプルターク）著、トマス・ノース訳『英雄伝（対比列伝）』第二版を一五九五年に出版したのはフィールドなのだ。

初版はフィールドの主人ヴォートロリエが一五七九年に出版したので、その版も店にあったはずだが、シェイクスピアが愛用したのは第二版だった。フォーリオ版の立派な本で、買えば二ポンドもした。普通の読み物の本なら三ペンスぐらいが当時の相場だから、一六〇冊分の値段である。ほかにもフィールドは、シェイクスピアが資料とした貴重で高価な本――歴史劇の種本となったホリンシェッド著『年代記』（一五八七年）や、オウィディウスの詩作品など――を多数出版している。

シェイクスピアはフィールドの店へ通って本を読ませてもらっていた、と想定することを妨げる要因はなにもない。シェイクスピア自身の手元に本が一冊もない理由はこれで説明がつくし、非常に倹約家で財布の紐《ひも》の固いシェイクスピアが、高価な本が並ぶフィールドの店を利用しない手はなかった。

リチャード・フィールドは、革なめし職人ヘンリー・フィールドの息子として、一五六一年一一月一六日に洗礼を受けた。シェイクスピアより二歳半年上だ。実家はシェイクスピアの家があるヘンリー・ストリートから五百メートルほど離れたブリッジ・ストリートにあった。父ヘンリー・フィールドは、ジョン・シェイクスピアと仕事をともにしたこともある。ウィリアムとは幼馴染みだったと考えてよいだろう。

フィールドは一五七九年九月、一七歳のとき、ロンドン在住の有名な出版者ジョージ・ビショップのもとで七年契約の丁稚《でっち》奉公に出た。ビショップは最初の六年の修業をロンドン在住のフランス人出版者トマス・ヴォートロリエのもとで行うように手配し、フィールドはそこで修業を積んだ。一五八七年七月に主人ヴォートロリエが亡くなり、妻ジャックリーンは夫に代わって店を続けたが、一五八八年二月にフィールドと結婚した。フィールドは、繁盛している店と出版設備ともろもろの出版権とをすべて受け継いだのだ。

このことをフィールドは、故郷にいる幼馴染に手紙で知らせなかっただろうか。ちょうどこの頃、シェイクスピアは故郷の記録から消えているのだ。知らせを受けて、まっすぐロンドンの幼馴染の店に向かったという可能性はないだろうか。何があったかはわからないが、この出版者は、故郷の友が書いた詩集『ヴィーナスとアドーニス』を一五九三年に印刷・刊行したわけである。

もし旧友が店を訪ねてきたら、フィールドは、主人ヴォートロリエが一五八六年に出版したティモシー・ブライト著『メランコリー論』を見せてやっただろう。『ハムレット』に大きな影響を与えた本である。シェイクスピアは『ルークリースの凌辱』を書く際にオウィディウスのラテン詩『祭暦』を利用したが、この本もヴォートロリエが一五七四年に出版していたから、フィールドの店にあったはずだ。フィールドは一五八九年にオウィディウスの『変身物語』第二版を出版したが、これもシェイクスピアに多大な影響を与えた本だ。

『から騒ぎ』の種本となったアリオストー著、ジョン・ハリントン英訳『狂乱のオルランドー』（一五九一年版）、『リア王』などに影響を与えたエドマンド・スペンサー著『妖精女王』（一五九六年版）やフィリップ・シドニー著『アルカディア』（一五九八年版）、『ヘンリー五世』の資料となったリチャード・クロプトン著『為政者の館』（一五八八年版）、『冬物語』の種本となったロバート・グリーン著

『狂乱のオルランドー』1591年版表紙。中央下は訳者ハリントンの肖像画

『パンドスト』第二版（一六〇七年版）など、いずれもフィールドが出版した本ばかりだ。また、フィールドの妻はフランス人で、店ではフランス語やイタリア語の本も出版していたから、シェイクスピアは作品中にフランス語を用いるとき、フィールドに助けてもらうこともできただろう。

フィールドの妻はユグノー（フランス人プロテスタント）であり、同じユグノーであるマウントジョイ家とは知り合いだった。シェイクスピアが住むことになったマウントジョイ家は三階建てで、一階が店になっており、二階と三階が居住空間だった。シェイクスピアはしばらくここに住んだ——のちに裁判沙汰に巻き込まれるとは夢にも思わずに。

決断

一六〇四年のストラットフォード・アポン・エイヴォンの裁判記録に、ウィリアム・シェイクスピアが、薬屋フィリップ・ロジャーズを、三五シリング一〇ペンスの不払いという小さな額で訴えたことが記されている。シェイクスピアは二〇ブッシェル（約七二〇リットル）のモルトをロジャーズに委託販売し、さらに二シリングを貸した。ロジャーズは全額を返さなかったため、シェイクスピアは残額の返済と一〇シリングの損害賠償金の支払いを求めて裁判所に訴え出たのである。シェイクスピアが金銭に細かいことがわかるが、当時はこんなことでも裁判沙汰にするほど訴訟が日常茶飯事だったという事情も理解しておく必要があるだろう。のちに一六〇九年にもシェイクスピアはジョン・アデンブロウクなる人物に、六ポンドの返却と二四シリングの損害賠償を求めて訴えている。

一六〇五年一月七日から国王一座は、宮廷で『ヘンリー五世』や『気質なおし』などを続けざまに上演した。そのあとサウサンプトン伯のロンドン邸で上演することになり、大蔵大臣サー・ウォルター・コウプは、ロバート・セシルにこう書き送っている。

今朝はずっと、役者や軽業師といった手合いを探して使いを出していたのですが、なかなか見つからず、私のもとへ来るようにと伝言を残しておいたところ、バーベッジが来て、お妃様がご覧になっていない新作はありませんが、『恋の骨折り損』という旧作を再演しましょう、機知と陽気さに富んでいるので、きっとお妃様のお気に召すだろうと申します。そこでこの劇が明晩、サウサンプトン伯邸で上演される手はずとなりました……。バーベッジが閣下のご意向を伺うわが使者となります（E・K・チェインバーズ『エリザベス朝の演劇』第二巻）。

当時の貴族たちはシェイクスピア作品を観まくったといってよいだろう。ジェイムズ一世はよっぽど観劇が好きだったらしく、二月上旬にも『気質くらべ』ほかの観劇を続けている。『ヴェニスの商人』にいたっては、二月一〇日に観て、翌日『スペインの迷路』を観たあと、一二日にふたたび『ヴェニスの商人』を所望して観劇するほどだった。シェイクスピアは作家として嬉しかっただろう。

一六〇五年五月四日、仲間のオーガスティン・フィリップスが死去した。おそらく『十二夜』のマルヴォーリオなどを演じたと推測される役者だ。フィリップスは遺書で、シェイクスピアとヘンリー・コンデルと自分の元弟子に、それぞれ三〇シリングの金貨を遺贈した。

疫病の影響か、国王一座の一六〇五年のロンドン公演の記録はない。疫病のせいで仲間を失い、仕事もできなくなったシェイクスピアは大きな決断をする。

一六〇五年七月二四日、故郷の一〇分の一税の権利に四四〇ポンドもの巨額の資産を投資したのである。これにより、仮に演劇界を離れても悠々自適に暮らせる毎年三八ポンドの定収入を確保することになった。一五九八年以来、長年考え続けてきた購入についに踏み切ったのである。できるだけ慎重に考え、機会をじっとうかがい、動くときには大きく動くというシェイクスピアのスタイルがここにも表れている。

一六〇五年の秋には国王一座はサフロン・ウォルデン、オックスフォード、バーンスタプルを巡業している。この頃にはすでに舞台に立つのをやめていたシェイクスピアは、同行しなかったかもしれない。

物騒な時代

一六〇五年一一月四日、火薬陰謀事件《ガンパウダー・プロット》が起きた。新しい国王は、カトリックのスコットランドからやってきたにもかかわらず、そのままエリザベス一世のプロテスタント政策を引き継いでいた。これに失望したカトリック信徒たちが、クーデターを起こそうとしたのだ。とくにジェイムズ一世の母であるスコットランド女王メアリ・スチュアートは、エリザベス一世に捕らえられたうえに一五八七年に処刑されていたため、カトリックの殉教者と見なされていた。その息子が国王となるのだから、カトリック信徒たちはメアリ一世のときのような大きな転換を期待したわけである。しかし、そうした政策の変更はなされず、カトリック信徒らのいらだちはピークに達していた。

事件の首謀者のロバート・ケイツビーは、ウエストミンスターにある国会議事堂の爆破をもくろみ、仲間と地下を掘り進み、大量の火薬を地下室に運びこんだ。国会が開かれる当日の未明、爆破準備が整い、点火役のガイ・フォークスがまさに計画を実行しようとして一人地下室に残っているところへ、捜索隊は踏み込んだ。ガイ・フォークスは逮捕され、事件は未然に防がれた。

カトリックの国会議員までも巻き添えにすることに疑問を持っていた仲間の一人が、密かに開院式への出席を取りやめるよう警告する一通の手紙を知り合いのカトリックの国会議員に送ったのだ。この手紙を見せられたロバート・セシル（父から引き継いだ独自のスパイ組織を持っていた）が、ただちに行動を起こしたというわけである。現在では、一一月五日はガイ・フォークス・デイと呼ばれて、国王が無事だったことを、花火を打ち上げて祝う日となっている。

この事件の一味として一六〇六年に処刑されたイエズス会士の神父ヘンリー・ガーネットがいる。神父は『二枚舌論』という本の著者だった。信仰を守るためなら宣誓供述を曖昧な言い方にしてよいと論じた本だ。シェイクスピアはこの年に執筆した悲劇『マクベス』の滑稽な門番に、次のように揶揄させている。

陰謀者たち。右から３人目がガイ・フォークス（1570〜1606）

ドン、ドン。誰だ、悪魔の名にかけて答えろ。いよっ、こいつだな、言い逃れをする野郎は。こうも誓えば、ああも誓う、神様のためなんて言って謀叛を犯しやがって、神様に

は二枚舌は通用しなかったわけだ。おう、入れ、二枚舌野郎。（第二幕第三場）

『マクベス』は、魔女に異様な関心を示していたジェイムズ一世のために書かれた作品でもあった。ジェイムズ一世は、スコットランドにいた一五九七年に『悪魔学』という本を自ら書いて出版するほど魔女狩りにくわしかった。一五八九年、ジェイムズはデンマーク王の姉アンと結婚するためにコペンハーゲンまで船旅をしたが、帰途に嵐に遭い、ノルウェーに数週間避難しなければならなくなり、これは魔女の呪いのせいだと言われたのだ。その結果、魔女と疑われて拷問にかけられた人が次々に知人の名前を挙げ、その人たちも恐ろしい拷問に耐えられず、悪魔と通じて嵐を起こしたと〝白状〟したのである。ジェイムズはその裁判に立ち会い、魔女の恐ろしさを信じた。

さらに重要なのは、『マクベス』はスコットランド王家の芝居だということである。主人公マクベスは王ダンカンを殺害して王位を奪うが、結局王位はバンクォーの子孫が代々受け継ぐことになり、その末裔《まつえい》はジェイムズ王であるという設定になっている。その意味で、ジェイムズ王を称える芝居となっているのだ。

ジェイムズ王は観劇にのめり込み、一六〇五〜六年冬には、国王一座は宮廷で『ミュセドーラス』（一時シェイクスピア作と言われた喜劇）を含む一〇本を上演した。

一六〇六年七月一〇日までにロンドンで疫病の死者が週三〇名を突破し、国王一座は再び巡業を余儀なくされたものの、一六〇六～七年冬には再び宮廷で九本上演した。一二月二六日には、四大悲劇の一つ『リア王』を御前上演した。

一六〇七年一月から七月まで国王一座はおそらく市内で上演を続けただろうが、疫病死者数がまた週三〇名に達するときが五回あった。ロンドンは、死と暮らす都市だった。シェイクスピアはいつロンドンに見切りをつけて田舎で暮らすか、その時期を考えはじめていただろう。

初孫

一六〇七年六月五日には、長女スザンナ(24)がストラットフォード・アポン・エイヴォン在住の医師ジョン・ホール(32)と結婚し、翌年二月に初孫(女児エリザベス)が誕生した。シェイクスピアは、四三歳にしておじいちゃんとなったのである。

ホールはベッドフォードシャー州生まれで、ケンブリッジ大学クィーンズ・カレッジを一五八九年に卒業し、フランスで医学を学び、ストラットフォード・アポン・エイヴォンでただ一人の医者となった。出版するつもりで特殊な症例の治療についてラテン語でノートをつけており、死の二二年後に他の医者によって出版された。ホールは清教徒だったが、義父ウィリアム・シェイクスピアと仲がよかったことは、一六一四年にロンドンへ一緒に仕事をしに出ていることからもわかる。

ブラックフライアーズ劇場

一六〇七年七月から一一月まで疫病は激しくなり、劇団は再び巡業に出たが、シェイクスピアは故郷にいただろう。一六〇七年冬になってようやく疫病は収まりをみせながらも、一六〇八年七月、疫病死者数が突然週五〇を突破し、またもや劇場は閉鎖。一六〇九年一二月頃まで閉鎖は続いた。この頃、役者仲間のウィリアム・スライが死んでいる。

一六〇三年から一六一六年までのあいだに宮廷で上演された二九九本の芝居のうち国王一座が上演したのが一七七本、王子一座が四七本だ。国王一座は圧倒的な人気を維持していた。

一六〇八年八月からブラックフライアーズ劇場が国王一座の冬期興行の場となった。この劇場は、ジェイムズ・バーベッジが一五九六年に六〇〇ポンドで購入した小修道院を改造したものだが、周辺の富裕な住民の反対で使用が禁じられ、他の人

ウィリアム・スライ（?～1608）

に貸し出されて少年劇団の活躍の場となっていた。入場料も、最低料金が一般公共劇場の六倍の六ペンスで、一シリング払えば平土間のベンチ席に座れ、半クラウン（二シリング六ペンス、つまり三〇ペンス）でボックス席が買えた。

ここでは高級感のある演劇が展開されていた。ジョン・マーストンらの若い劇作家もここで育っていった。『ハムレット』でローゼンクランツが次のように説明するのは、このことへの言及である。

近頃、鷹の雛の群れのような子供芝居の一座が現われ、きいきい声を張り上げ、嵐のような大喝采をさらっているのです。この少年隊は、今や売れっ子で、大人の芝居を大衆芝居と呼んで扱《こ》き下ろすものですから、剣を腰に差した紳士がたも作者の筆で斬られるのを恐れて、大人の芝居に寄りつきません。（第二幕第二場）

ところが、また時の流れが変わり、バーベッジが劇場を取り戻して一六〇八年秋から国王一座の冬期興行の場としたときには、周辺住民から反対の声があがらなかったのである。一五九〇年代の騒々しく荒々しい大衆芝居とはちがって、演劇の質が向上したためだろうか。ブラックフライアーズ劇場のために、シェイクスピアは神が降臨したりして奇想天外な展開となるロマンス劇——『ペリクリーズ』、『シンベリン』、『冬物語』、『テンペスト』——を書いている。

引退へ向けて

一六〇八年九月九日に、母メアリが他界した。およそ七一歳。この時代にしては長生きだった。翌一六〇九年五月にシェイクスピアは、書きためていたソネットをまとめて出版している。もはやこれ以上ソネットを書き続けることはないと思ったのだろうか。活動をすべてやめて田舎にこもろうというつもりだったのかもしれない。一六一〇年に、二〇エーカーの土地を一〇〇ポンドで買い足したのも、故郷での不動産経営に気持ちが向いていたためだろう。

一六一一年には、四七歳の若さで、断筆宣言を盛り込んだとも思える『テンペスト』を執筆する。これが実質的にシェイクスピア単独執筆作の最後となるのだが、周囲はそうやすやすと引退を認めてくれなかった。

国王一座の座付き作家としてシェイクスピアの跡を継ぐ若い劇作家ジョン・フレッチャー（一五七九〜一六二五）は、先輩を口説き落として、一緒に『ヘンリー八世』、『二人の貴公子』、『カルデーニオ』を執筆した（『カルデーニオ』のテクストは紛失している）。

一六一二年、一〇年前から故郷に戻ってきていたロンドン雑貨商の弟ギルバートが亡くなり、故郷の聖トリニティー教会に二月三日埋葬された。享年四五。シェイクスピアの二歳年下であり、兄の代わりに法的手続きなども行ってくれた弟だ。シェイクスピアがどれほど悲しんだかわからない。

その年の五月一一日、シェイクスピアは裁判沙汰に巻き込まれた。下宿先の大家クリストファー・マウントジョイが義理の息子ステファン・ベロから訴えられたのだ。マウントジョイの娘メアリと一六〇四年に結婚する際に、持参金として六〇ポンドを与えると約束されたのに、支払われていないという。

ウエストミンスターの裁判所で争われたこの訴訟に、シェイクスピアは重要参考人として呼ばれた。シェイクスピアの証言の内容は次のとおりである――証人は、被告と原告を一〇年間知っており、被告の妻マリから依頼されて、娘メアリと原告が一緒になるように仕向けた。持参金についても、そのとき取り決めたが、正確な金額は覚えていない。

この結果、ベロに二〇ノーブル（約六ポンド相当）支払うよう判決が出たが、マウントジョイがこれを払った記録はない。裁判記録には、シェイクスピアが数年前に『ペリクリーズ』を共同執筆した劇作家ジョージ・ウィルキンズの名前も出てくる。ウィルキンズの宿に若夫婦が居住していたためだ。ウィルキンズは売春宿を経営し、暴行で訴えられるような評判の悪い男だったが、シェイクスピアはそういう連中とも付き合いがあったというわけだ。

翌一六一三年二月四日に、弟リチャードが埋葬された。享年三九。この三男坊についてはほとんどなにもわかっていないが、末弟、次男についで三男も亡くなり、弟たちは全員逝ってしまった。兄弟姉妹で残っているのはハート家に嫁いだ妹ジョウン（一五六九～一六四六）だけだ。ハート家には三男一女が生まれ、ジョウンは七七歳まで生きることになる。

一方、国王一座の宮廷での評価は高いままであった。一六一三年頭には、エリザベス王女とプファルツ選帝侯フリードリヒとの婚約と結婚式典のために一四本の劇を上演した。その報酬として劇団は、一五三ポンド六シリング八ペンスもの大金を受け取ったのである。

このときシェイクスピア作品からは、『から騒ぎ』、『テンペスト』、『冬物語』、『ジュリアス・シーザー』、『オセロー』、『ヘンリー四世』、『カルデーニオ』の七本が上演された。シェイクスピアは作者として、華々しい式典を垣間見ただろう。気落ちしていたシェイクスピアは、自分の属するべき場所が演劇界なのだと自覚を新たにしたかもしれない。

一六一三年三月一〇日に、ブラックフライアーズ劇場付近に家を一四〇ポンドで購入した。まだ四八歳であり、ブラックフライアーズ劇場のための新作を書き続けようという決意の表れであろう。

それに、国王一座の筆頭としての立場は悪いものではなかった。貴族たちから声をかけられることもあった。第六代ラットランド伯フランシス・マナーズは、一六一三年三月の国王の即位日記念の宮廷での槍試合で用いる盾を新しくしようと、シェイクスピアに依頼してきた。リチャード・バーベッジが盾に図案を描き、シェイクスピアが標語を考案して、二人それぞれ四四シリングを受け取った。シェイクスピアのアルバイトである。

即位を果たしたジェイムズ一世は、日本にも挨拶の船を送った。ウィリアム・アダムズが待つ日本に、一六一三年六月一一日、イングランド国王ジェイムズ一世からの国書を携えたイングランドの公的な船が初めて到着した。司令官ジョン・セーリスは国書を将軍秀忠《ひでただ》と大御所の家康に渡した。なお、このとき家康がジェイムズ一世に贈った鎧兜《よろいかぶと》が現在もロンドン塔に展示されている。アダムズは家康より四年長生きして、日本で没した。

グローブ座炎上

シェイクスピアが後輩の劇作家ジョン・フレッチャーと一緒に書いた『ヘンリー八世』がグローブ座で上演されていた一六一三年六月二九日、よく晴れた日のことだった。舞台裏で音響効果として使っていた空砲から、火のついた紙切れが風にあおられて舞い上がり、グローブ座の乾燥しきった藁ぶき屋根についたかと思うと、あっという間に火の手がまわって、劇場は一時間ほどで燃え尽きてしまった。幸い怪我人は出ず、逃げ遅れた一人の客の上着に火がついたが、ほかの客が観劇中に飲んでいたビールをかけて消し止めた。

シェイクスピアは、この事件を契機に引退を決意する。劇場の共同所有者としての権利も一切手放して、故郷へ帰ったのである。グローブ座はすぐ建て直され、翌一六一四年七月には瓦屋根となって再オープンしたが、シェイクスピアが新作を書くことはなかった。

囲い込み騒動

しかし、故郷にこもりきりになったわけではなかった。一六一四年一一月、シェイクスピアは婿のジョン・ホールとともにロンドンに出てきているのだ。ジョンが医師として同行したのか、婿として同行したのかわからない。ロンドンにいた友人の弁護士トマス・グリーンが、一一月一四日の出来事として日記に次のように記している――「従兄《カズン》のシェイクスピアが昨日町に来たので、久しぶりに会いに行った」


トマス・グリーンは、ミドル・テンプル法学院で法律を学んだ地方弁護士であり、その頃シェイクスピアの土地のことで動いていた。ストラットフォード・アポン・エイヴォンで事務員として働き、一六〇一年からシェイクスピアの家に居候をしていた。

なお、「従兄《カズン》」とは、漠然と親戚を指して使う言葉であり、文字どおりの「いとこ」ではなかった。グリーンの祖母がシェイクスピア家から嫁いできた可能性がある。

故郷では面倒な土地問題が起こっていた。シェイクスピアが懇意にしていたクーム家の息子ウィリアム・クームが裕福な地主たちと組んで自分たちの土地を囲い込み、羊を放牧しようとしたのだ。囲い込みをすると穀物の価格が上がり、雇用が減り、多くの不便が生じるということで町は反対運動に立ちあがり、その先陣を切ったのが町の書記官を務めていたグリーンだった。この件について、シェイクスピア自身は、「本当に囲い込みはしないだろう」と言ってグリーンを慰めたが、翌年一月、囲い込みは実行されてしまう。クームが溝を掘らせると、町の女子《おんなこ》どもが総出で押し寄せてそれを埋めて騒ぎが大きくなり、殴り合いの喧嘩にまでなってしまった。

貧しい人たちの立場に立てば、知り合いであるクームに囲い込みをやめるよう説得するべきだったのかもしれない。だが、シェイクスピアはそうしなかった。シェイクスピアが持っている一〇分の一税徴収権に損失や支障が出た場合、その代償をするとクームが保証すると、シェイクスピアはそれを受けて、引き下がったのだ。そのとき彼の頭にあったのは、自分の家族への遺産を確保することだけだったのかもしれない。

遺言状

シェイクスピアは、まだ五二歳にもならない一六一六年一月、遺言状を執筆した。遺産の大部分はホール家に嫁いだ長女スザンナと、やがて生まれてくるだろう男の跡継ぎに譲られた。ただ一人の息子だったハムネットに先立たれ、長女の子に望みを託すしかなかったのだ。新しい家ニュー・プレイスと、ヘンリー・ストリートの家二軒、ストラットフォードの内外にあるさまざまな不動産、葬式費用を払って残った分の宝石、食器類、家具類などがホール夫妻へ譲られたのである。スザンナが死んだ場合は、その嫡男に、それができない場合は、次男、三男、四男……など男性後継者に受け継がれる。また、男性後継者がいない場合は、ホール家の長女エリザベスとその男性後継者に受け継がれるとした。孫娘エリザベスにはすべての銀食器（次女ジューディスに与えた銀の鉢を除く）を遺した。シェイクスピアはホール夫妻を遺言状執行者に指名した。

死期の近づいていたシェイクスピアに花嫁姿を見せようとしたのだろうか、三一歳になる次女ジューディスが、同年二月一〇日、地元の名門であるクイニー家の三男トマス・クイニー（二七歳）と結婚式を挙げた。しかし、父を思うジューディスの思惑は裏目に出てしまった。クイニーはあろうことか、密かにマーガレット・ウィーラーなる女性を妊娠させ、姦通罪で起訴されたのだ。ウィーラーは出産時に死亡している。ジューディスとの結婚式を挙げた一ヵ月後の法廷でクイニーは罪を認めた。シェイクスピアは弁護士を呼び、すでに書きあげていた遺言書からクイニーの名を削除した。「私は義理の息子に以下のものを譲る」と書かれていたところの「義理の息子」が線で消され、「娘ジューディス」と直された。ジューディスには結婚準備金として一〇〇ポンド、ニュー・プレイス近くのチャペル・レインの田舎家（おそらくそこにジューディス夫妻が住んでいたのだろう）の所有権を主張しなければ追加で五〇ポンドを贈るとした。さらにジューディスまたはその子孫が三年後にも生きていれば、さらに一五〇ポンドを贈るとした。

妹ジョウン・ハートには三〇ポンドとヘンリー・ストリートの家への居住権。三人の甥たちにはそれぞれ五ポンド。それから、懇意にしていたトマス・クームに剣を、友人トマス・ラッセルに五ポンドを、「仲間」のジョン・ヘミングズ、リチャード・バーベッジ、ヘンリー・コンデルそれぞれに指輪を買うための代金二六シリング六ペンスを贈った。ストラットフォードの貧しい人たちに一〇ポンドを贈るという項目もあった。これまで財布の紐の固かったシェイクスピアにしては、精一杯の寛大さを示したつもりなのだろう。

妻アンに対して「二番目によいベッドを贈る」とだけあるのは、どういう意味なのか、いろいろ取り沙汰されてきた。一番よいベッドは客用であり、二番目によいベッドが夫婦のベッドだという説もある。しかし、財産の大部分は娘夫婦に委ねられ、遺言執行も娘夫婦が指名されたということを考えると、アンが娘夫婦の世話になるということは暗黙の了解だったのかもしれない。アンは夫の死から七年後に亡くなり、夫と一緒の墓に入りたいと強く願ったと言われている。

遺書に変更を加えてからひと月も経たない一六一六年四月二三日に、シェイクスピアは他界し、四月二五日に埋葬された。ストラットフォードの牧師ジョン・ウォードが一六六〇年代に書いた文によれば、「シェイクスピアとドレイトンとベン・ジョンソンは、楽しい宴会をして、かなり呑みすぎたらしく、シェイクスピアはそのときの熱がもとで死んだ」というが、妄想であろう。死の三ヵ月前に遺書を書きだしたことを考えれば、病死と考えるのが自然だ。

シェイクスピアの謎

それにしても、田舎町出身の教養もないウィリアム青年がなぜ立派な詩人・劇作家になれたのだろうか。しかも、サウサンプトン伯爵などという高貴な人とどうして急に近づきになれたのだろう――そう疑問に思う人たちは、ストラットフォード・アポン・エイヴォンで行方をくらました田舎者シェイクスピアは、詩人・劇作家のシェイクスピアと同一人物ではないと考える。覆面作家が、田舎者シェイクスピアの名前を借りたにすぎないというわけだ。その正体としてオックスフォード伯爵、フランシス・ベーコン、クリストファー・マーロウなどさまざまな候補が考えられ、果てはそれらの人たちが共同で執筆したとするグループ説まで生まれた。

発想は実におもしろいのだが、ストラットフォード・アポン・エイヴォンのシェイクスピアが劇作家シェイクスピアであるという動かぬ証拠がある。アン・ハサウェイと結婚して一六一六年にストラットフォード・アポン・エイヴォンに埋葬されたシェイクスピアは、その遺書に「わが同僚ジョン・ヘミングズ、リチャード・バーベッジ、およびヘンリー・コンデル」の三人に二六シリング六ペンスを贈るよう書いているのだ。ジョン・ヘミングズとヘンリー・コンデルとは、宮内大臣一座の役者であり、シェイクスピアの死後、一六二三年に劇団の座付き作家であったシェイクスピアの戯曲全集一巻本(ファースト・フォーリオ)を出版した編者である。ゆえに、ヘミングズとコンデルが知る劇作家シェイクスピアは、ストラットフォード・アポン・エイヴォンのシェイクスピアと同一人物ということになる。

シェイクスピアが作家としてどんなふうに執筆していたかについては、ベン・ジョンソンの「すばらしい想像力と立派な考えを持ち、ジェントルな表現があまりにもすらすらと流れるから、ときには止めてやらねばならないほどだった」という言葉が参考になるだろう。ジョンソンは、シェイクスピアの記憶力が抜群によかったことを褒めちぎっている。取材能力に長《た》け、抜群の記憶力を駆使して、すらすらと美しい文を綴ったシェイクスピアの作品は、荒削りなところもあるものの、人の心を強く打つ力を持っているのである。

第4章
シェイクスピア・マジック

シェイクスピアのグローブ座
（著者撮影）

シェイクスピア・マジック①――タイムスリップ

観ているときは気づかないのに、あとでテクストを読み返してみると、つじつまが合わないことがわかり、一種のトリックにだまされていたと気づく。それがシェイクスピア・マジックだ。そのマジックの仕組みがわかると、シェイクスピアの劇世界がチェーホフやイプセンなどの「新劇」（後述）の世界とどうちがっているかも理解できるようになる。講釈はあとまわしにして、まずは具体例を見ていくことにしよう。時間のトリックから――

悲劇『ハムレット』は、ハムレット王子の亡くなった父が亡霊となって現れるという話ではじまるが、この亡霊が現れるのは何時だろうか。

劇は深夜、衛兵の交替の場からはじまる。時間どおりにやってきた衛兵は、「ちょうど十二時を打ったところだ。帰って休め」と仲間に言うので、この劇が深夜十二時にはじまるとわかる。その直後もう一人の衛兵がハムレット王子の学友ホレイシオを連れてくる。そして、ホレイシオと衛兵二人で亡霊が出るのを待ち構える。

「亡霊なんか出るものか」とあざけるホレイシオに、前の晩も亡霊を見た衛兵の一人が「鐘が一時を打ったそのときに――」と説明していると、亡霊が本当に現れる。それを目撃したホレイシオは真っ青になり、興奮していろいろ話しこんでいるうちに再び亡霊が現れ、「また出た」と騒いでいると、「夜明けを告げる雄鶏」の鳴き声に驚いて亡霊は消えてしまう。

ホレイシオは、夜が明けたことを詩的な表現で告げる。

だが、見ろ。茜《あかね》色のマントをまとった朝が
あの東の丘を、露を踏みしめて歩いてくる。

（第一幕第一場）

最初の亡霊が退場して二度目の亡霊の登場まで、話し込んでいたのは三分半ほど。そのわずかのあいだに、深夜から夜明けまで一気に時間が飛んでしまう。ところが、観客は、この時間のワープに気づかないし、おかしいと感じもしない。時間感覚は主観的なものであって、相対性理論を説明するアインシュタインは、「美女との一時間は一分に感じられるが、熱いストーブの上に坐ると一分が一時間に思える」と言ったとされるが、集中したり興奮したりすると時間はあっという間に過ぎるものだ。シェイクスピアはこの時間感覚を逆手にとって、観客に興奮させたい場面ではわざと時間を速く進めている。そして、「ああ、もうこんな時間」と思わせる展開にすることで、観客の昂揚感を煽《あお》っているのである。

同じことは、『ロミオとジュリエット』のバルコニー・シーンにも当てはまる。「ああ、ロミオ、ロミオ、どうしてあなたはロミオなの？」と、独りバルコニーで語るジュリエットに、屋敷の庭に忍び込んできたロミオが下から声をかける場面だ。時刻は何時頃だろうか。キャピュレット家の夜会が夜遅く終わり、その直後にバルコニー・シーンとなるから、深夜であることはまちがいない。そしてふたりが愛を語らっているうちに、ジュリエットが「もうすぐ朝だわ」と言いだすのである。ジュリエットと別れたあと、ロミオが詩的な表現で朝の到来を描写する。

青く薄らぐ目をした朝が、しかめっ面の夜を叱って微笑みながら、
東の雲を光の筋で染め抜きはじめた。（第二幕第二場）

ふたりが語らったのは、文字にしてみれば一五〇行程度。せいぜい七、八分だろう。しかし、濃密な時間において時の流れの感覚は失われる。緊張が解けた瞬間、あたかも止まっていた時間がどっと流れだすかのごとく、いつの間にか朝となっている。あっという間に時間が過ぎる思いを経験した観客は、若いふたりと一緒に胸高鳴る昂奮をともにできるのである。

『マクベス』でも同様だ。魔女から「やがて王となるお方」と予言されたことをきっかけにして、武将マクベスが、善良なるダンカン王殺害の決意をマクベス夫人とともにするのが第一幕。いよいよ殺人決行となる第二幕は、深夜十二時からはじまり、マクベスは短剣の幻に導かれてダンカン王の眠る寝室へ向かう。こうして殺人は深夜に行われる。だが、殺害後に

マクベスが血で真っ赤に染まった両の手を凝視しながら己の行為に打ちのめされ、マクベス夫人に叱咤《しった》されるうちに、門を叩く音が聞こえてくる。あわてて夫妻はその場を立ち去るが、門を叩いていたのは、朝になったので王を起こしに来たマクダフだとわかる。やはりいつの間にか朝になるわけだ。この場面でも観客は、殺人という行為が生み出す激しい緊張感を、時を忘れて経験するのである。

『マクベス』第三幕の山場は、「王を生む」と予言された戦友バンクォーの存在を疎ましく思ったマクベスが彼を暗殺させると、その亡霊が目の前に現れる宴会の場面（第三幕第四場）だ。宴会は夜七時にはじまる。「今晩七時まで、めいめい好きにしてくれ」（第三幕第一場）とマクベスは言う。そして七時に一同が再び集まって宴会の場となると、乾杯しようとしたマクベスは、ふいに現れた血まみれのバンクォーの亡霊を見て取り乱し、騒ぎまわる。ほかの者には亡霊が見えないので、マクベスの動顚《どうてん》ぶりだけが強調されることになる。宴会は途中でお開きとなり、その直後二人きりになったとき、マクベスは妻にこう尋ねる。

マクベス　何時だ？
夫人　夜更けか、明け方か、もうわかりません。　（第三幕第四場）

宴会は夜七時にはじまったのに、亡霊騒ぎが終わってみると、気がつけばもう明け方近いのである。理屈を言えばおかしなことだが、血まみれの亡霊が出てマクベスが取り乱すようすを舞台で目撃してしまうと、時間の観念などふっとんでしまう。

人が人生で経験する時間はかなり主観的なものだ。つまり、時計が刻む規則正しい客観的な時間《クロノス》とは別に、夢中で過ごし、いつまでも記憶にとどめておきたくなるような重要な時間《カイロス》があって、人の人生を意義深いものにするのはカイロスなのである。クロノスのみにしたがって生活するのは単調でつまらないが、カイロスを意識するようになると人生はドラマティックで興奮に満ちたものとなる。シェイクスピアはそのことがわかっていて、あえてクロノスを超越するような主観的なカイロスの流れを設定するのだ。

このクロノスとカイロスの二重の時間構造を説明するために、シェイクスピア学者は「二重の時間構造《ダブル・タイム・ストラクチャー》」という概念を持ち出すことがある。時計の刻む時間とは別の主観的な時間の流れを説明するためのものだ。

とくに有名なのは『オセロー』である。オセロー将軍と絶世の美女デズデモーナは劇の冒頭で駆け落ちしたばかりであり、第二幕第三場でキプロス島にやってきて初めて床入りをすることになる。キプロス島に着いたオセローが、結婚の床入りはこれからだと語っている（第二幕第三場）。その晩に副官キャシオーが酔っ払って失態を犯し、将軍から官職を取り上げられ、翌朝デズデモーナに泣きつく。それを見た旗手イアーゴーが、わざと意味ありげに「まずいな」とつぶやく。あたかもキャシオーとデズデモーナのあいだに何かあるかのように思わせ、オセローの疑念をかきたてたのだ。しかし、この流れでは、結婚から一日しか経っておらず、キャシオーがデズデモーナと浮気をする時間がない。

第三幕以降、オセローの心に嫉妬が生まれると、時間の流れは急ピッチになる。あたかもオセローは、デズデモーナと長いあいだ結婚しているかのような展開となる。デズデモーナが親元から離れて侍女エミーリアとともに暮らすようになってまだ短いはずなのに、イアーゴーが妻のエミーリアにデズデモーナの苺《いちご》の刺繍の入ったハンカチを盗んでこいと「百遍も言った」ということになっていたり、キプロス島の娼婦ビアンカがキャシオーに「七日七晩も会いに来てくれない」と甘えたりすることによって、観客はずいぶん長い時間が経った気にさせられてしまうのである。クロノスの時間ではキプロス島についてから一晩しか過ぎていないはずなのに、カイロスの時間ではすでにオセローとデズデモーナとの蜜月期間が終わっているかのように語られる。イアーゴーが、「最近キャシオーと一緒に寝ていたとき、やつが寝ぼけて俺に抱きついてきて『かわいいデズデモーナ、ぼくたちの愛が見つからないように気をつけよう』と言った」と嘘の証言をしても、時間的におかしいと思う観客はいないだろう。シェイクスピアはイアーゴー同様、人の心を操るのがうまいと言わざるを得ない。

舞台の構造

次に話を進める前に、なぜこのようなマジックが可能なのかを解説しておこう。シェイクスピアの独特な劇世界を可能にしているのは、エリザベス朝時代の劇場の構造である。左ページの写真は、一九九七年にテムズ河沿いのサウスバンクに復元されて以来、現在でも上演が続いているシェイクスピアのグローブ座の舞台である。舞台には幕（緞帳《どんちょう》）がなく、張り出し舞台《ソラスト・ステージ》のまわりを観客がとりかこんでいることが確認できる。しかも、平土間に客席はなく、客はみな立っている。すわりたい人は、舞台をぐるりと取り囲む形で設《しつら》えた三階建てのギャラリーのベンチにすわる。シェイクスピアはグローブ座のほかにもシアター座、カーテン座など他の劇場で公演したことが知られているが、いずれも張り出し舞台であって、平土間に客席がないという構造は共通していた。

幕（緞帳）がイギリスで用いられるようになったのは、シェイクスピアの没後四〇年以上経った一六六〇年である。シェイクスピアの時代には、まだ幕というものが存在していなかった。幕の効用とは本来、下ろしているあいだに舞台装置の入れ替えをし、幕を上げて新しい舞台設定を見せることにある。だが、シェイクスピアの演劇に幕は必要なかった。大掛かりな舞台装置は使われず、いわゆる場面転換がなかったからである。テーブルやベッドなど

シェイクスピアのグローブ座の舞台（著者撮影）

を出すぐらいのことはあったが、基本的には、なにもない空間だった。

今から四〇〇年以上前にこのような張り出し舞台はどのように用いられたのだろうか。都合のよいことに日本では、四〇〇年以上前からこのような張り出し舞台が現代までずっと使われ続けている――能舞台である。柱二本で舞台上の屋根を支える構造もよく似ている（ちなみに能舞台が建物のなかに入れられて能楽堂となったのは明治以降の話である）。

現存する最古の能舞台は西本願寺の北能舞台と言われているが、これはシェイクスピアが一七歳だった一五八一年頃建てられたものである。宮島の厳島《いつくしま》神社に舞台を張って能を演じたのはシェイクスピアが四歳だった一五六八年のことだったというように、時代的にも近似性があり、なにより重要なのは、舞台の使い方がそっくりであることだ。

能舞台を用いた狂言では、橋掛かりから登場した役者が、本舞台の定位置について「このあたりの者でござる」と言ってから、これより都へ行く用事があるなどと言いながら、なにもない舞台をぐるりとまわってもとの場所にもどると、「いや、なにかと言ううちに都ぢゃ」と言うことで場面転換が成立する。舞台装置を入れ替えないから暗転も不要だ。つまり、観客の想像力だけで舞台は室内にもなれば都への街道にもなるわけである。シェイクスピアもまったく同じである。わかりやすい例が喜劇『お気に召すまま』に出てくる。宮廷を追放されたヒロインのロザリンドが従妹や道化を連れてアーデンの森を目指す。そして、なにもない舞台のうえを「ああ疲れた」などと言いながら歩いたすえ、「ここがアーデンの森だ」と言うのだ。「いや、なにかと言ううちにアーデンの森ぢゃ」とでも訳したいところである。シェイクスピア演劇は狂言に近く、西洋近代演劇には遠い。よく誤解されるが、シェイクスピアは西洋演劇とは言っても、イプセンやチェーホフのような新劇ではないのである。新劇とは西洋近代演劇であり、シェイクスピアは近代演劇ではないのだ。

イギリスの場合、一六六〇年からはじまる王政復古期に、緞帳がついた額縁舞台に女優が登場し、舞台背景や照明などを用いることで近代演劇がはじまったと言ってよいだろう。ところが、シェイクスピアの舞台は狂言と同じで、幕がない張り出し舞台で、女優の登場もなかった。女役は少年俳優が演じたのだ。女優がいないという点でも、日本の能・狂言・歌舞伎などの古典芸能と通じる。シェイクスピアは近代以前に属するという認識は重要だ。シェイクスピア演劇の伝統様式は、清教徒革命《ピューリタン》により一六四二年に劇場が閉鎖された時点でいったん途絶えており、一六六〇年に改めて演劇が再開したとき、演劇様式はすっかり変わってしまっていたのである。

フランスで最初にプロセニアム（額縁）舞台ができたのは一六四一年であり、それゆえにコルネイユ、モリエール、ラシーヌらの新古典主義演劇は、すでにシェイクスピアの演劇と様相を異にしていた。新古典主義演劇というのは、平たく言うと「きちっとした演劇」ということで、写実性や視覚に訴える美術などを重視する。新古典主義的な写実性を守るための規則として三一致（三統一）の法則が知られている。これは、観客に虚構を現実のものと信じさせるには、劇中の出来事を一日以内にまとめ（時の統一）、一つの話のみを（筋の統一）、一つの場所を舞台に（場所の統一）描くべきだというものである。こうした考え方はイプセンなどの近代劇に大きな影響を与えた。プロセニアム・ステージができて以降の演劇は多かれ少なかれこうした写実性を志向していると言える。

一方、シェイクスピアの作品でこの三一致を厳格に守っているものはなく、かろうじて『まちがいの喜劇』と『テンペスト』が（それまでの長い経緯を説明する語りを考慮しなければ、そして道化的人物らの滑稽をあえて副筋と捉えなければ）時と筋の統一を守っていると言えるかもしれないが、それでも場所はあちこち変わる。基本的にシェイクスピアは、奔放に想像力を駆け廻らせ、作品をこぢんまりとしたものにまとめない傾向があるのだ。

時の統一をシェイクスピアが守らない点は、すでに説明したタイムスリップからも理解できるだろう。歴史劇などは何十年にも及ぶ歴史をコンパクトにまとめてしまうわけだが、普通の劇でも驚くほど時間が経過する。『ハムレット』の場合、亡霊と初めて出会ってから芝居を打って王の良心を確かめるまでに二、三ヵ月もの時間が経過する。

極端なのが『冬物語』である。前半が終わったところで「私は時です」と名乗るお爺さんが登場して、「あれから一六年経ったと思ってください」と言い出す。次の場面では、ついさっきの場面で生まれたばかりの赤ん坊が、一六歳の乙女として登場する。シェイクスピアの奔放さは、虚構を想像力でふくらます演劇性を最大限に利用しているのだ。

筋の統一とは、余計な筋を混ぜずに一つの話で終始一貫せよという規則だが、シェイクスピアの場合、主筋のほかに副筋を作ることが多い。『ヘンリー四世』では、王権を維持するのに苦労する王とその放蕩《ほうとう》息子ハル王子の関係が主筋となるが、副筋では滑稽な騎士フォールスタッフが大活躍するといった具合だ。『リア王』では、三人の娘のうち誰が父親思いかを見抜けなかったリア王の主筋に対して、二人の息子のうちどちらが父親思いかを見抜けなかったグロスターの副筋が呼応する。主筋と副筋は必ず呼応しあい、作品のテーマを深める働きがある。また、多くの登場人物が出てくることで視点が複合的になる利点がある。

最後に場所の統一だが、シェイクスピアの戯曲に場所の統一を守るものが一つもないのには明確な理由がある。まず、三一致を完璧に守っている近代劇の代表とも言えるイプセンの『人形の家』冒頭のト書きを読んでみよう（毛利三彌《みつや》訳『イプセン戯曲選集』一九九七年）。

気持ちよく、趣味ゆたかに、しかし贅沢でなく飾りつけられた居間。舞台奥右手のドアは玄関ホールへ、左手のドアはヘルメルの書斎に通じる。中間にピアノ。左側壁の真ん中にドア、前方に窓がある。窓の傍にまるいテーブルと肘かけ椅子、小さなソファがある。右側壁のやや奥にドア、同じ側の前方に石の暖炉があり、その前に肘かけ椅子二脚と揺り椅子が一脚。暖炉とドアの間に小さなテーブルがある。壁には銅版画。焼き物その他の小さな美術品のおいてある棚。きれいに製本された本の並んだ小さな本棚。床には敷物。暖炉には火が燃えている。冬の日。外の玄関ホールで呼び鈴が鳴る。ややあって、ドアの開かれる音。ノーラが楽しげにハミングしながらはいってくる。

幕があいて、このように舞台装置が造り込まれているなら、その詳細を理解する必要がある。そのため、場面が変わると改めて新たな設定について見ていかなければならない。

ところが、シェイクスピアの舞台は、三方を観客に囲まれた、基本的になにもない空間であり、大道具もせいぜいテーブルや王座などが観客の見ているなか（もちろん照明もないので暗転もない）、さっと運び出される程度である。

そして、前述のとおり、言葉一つで舞台設定は瞬時にどこにでも変えられるわけだ。これが次のシェイクスピア・マジックのタネとなる。

シェイクスピア・マジック②――テレポーテーション

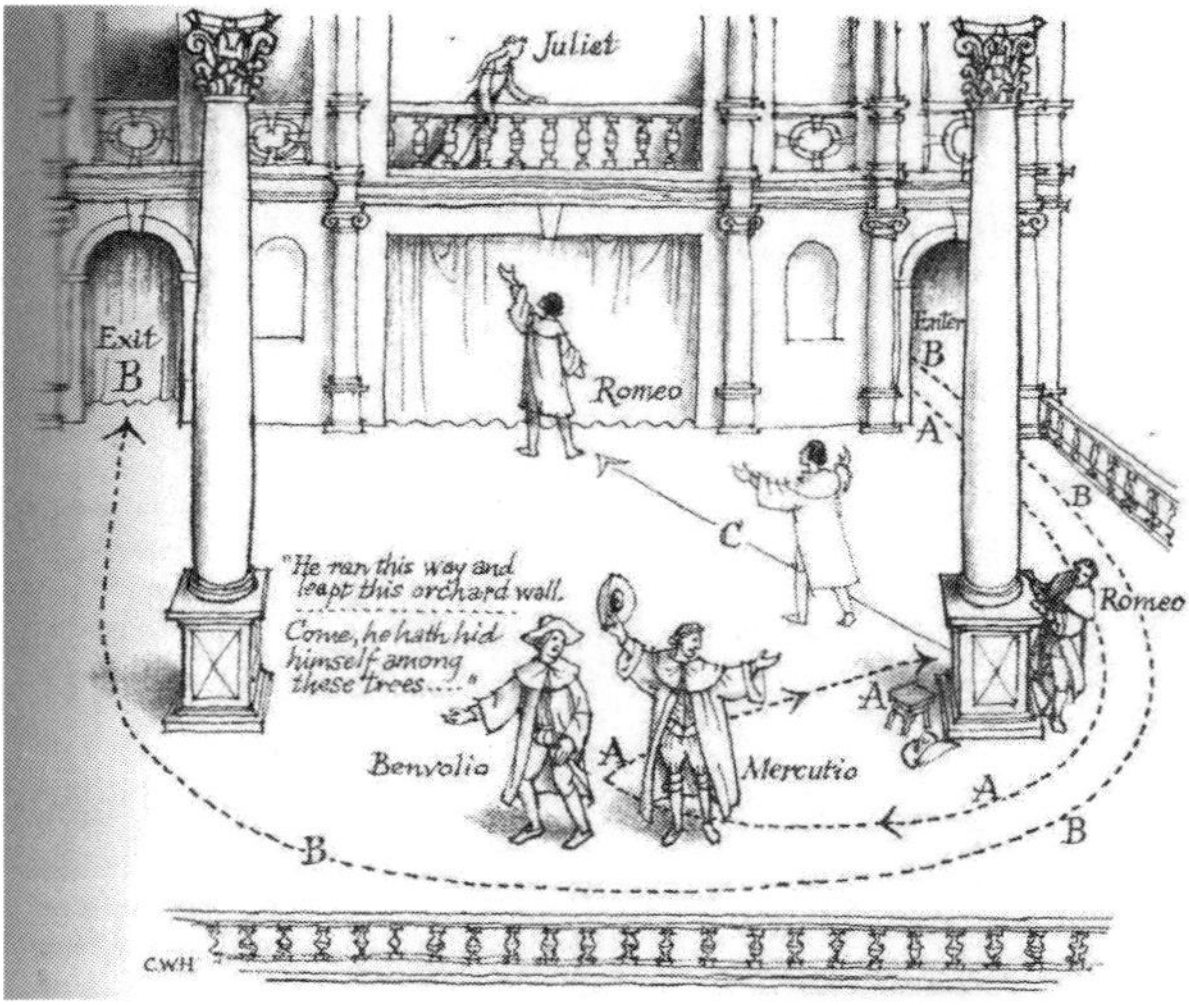

ウォルター・ホッジス『絵で見るシェイクスピアの舞台』（研究社）より

『ロミオとジュリエット』のバルコニー・シーンは、ロミオの瞬間移動（テレポーテーション）からはじまる。それまで友だちと一緒に夜道を歩いていたロミオは、さきほど出会ったばかりのジュリエットが忘れられず、彼女を思っている。すると（夜道にいたはずなのに）、いつのまにかジュリエットが物思いに沈むバルコニーの下へ瞬間移動するのだ。

確認してみよう。場面は第二幕第一場。キャピュレット家の夜会が終わり、ロミオは友人のマキューシオやベンヴォーリオと一緒に家路に向かって夜道を歩いていたが（図のAとBの線）、ふっと姿を隠す。ベンヴォーリオは「（ロミオは）こっちに走ってきて、この庭の壁を飛び越えた」と言うが、舞台上に「庭の壁」などないので、舞台上の大きな柱の台座によじのぼるなどするのだろう（図のAの線）。マキューシオが卑猥《ひわい》な言葉でロミオを呼び出すが、答えはなく、ベンヴォーリオが「あいつはこの木立ちに隠れたんだ」と言うので、柱を木立ちに見立てていると思われる。マキューシオたちはあきらめて先に帰ることにするが、そこから先は次のようになっている。

ベンヴォーリオ　じゃあ、行こう。むだだよ、
見つかりたくもない奴を探してみてもはじまらない。（... means not to be found.）
〔ベンヴォーリオとマキューシオ〕退場。
〔ロミオ、物陰より現れる〕
ロミオ　人の傷見て笑うのは、傷の痛みを知らない奴だ。（... that never felt a wound.）
〔二階舞台のジュリエットの気配に気づいて〕
だが待て、あの窓からこぼれる光は何だろう？
向こうは東、とすればジュリエットは太陽だ！
のぼれ、美しい太陽よ、妬み深い月を消してしまえ。

（第二幕第一場〜第二場）

〔　〕で括ってある部分はシェイクスピアの原文にはないト書きで、わかりやすくするために補った。ベンヴォーリオとマキューシオは夜道を歩いて去っていき、それを見送るロミオが、ふっと背後の二階舞台を振り返った瞬間、場面はキャピュレット家の庭園になっているわけだ。言葉一つで瞬時に場所を移動できるという、シェイクスピアの舞台技法の特徴を活かした展開である。

シェイクスピア以降の近代劇では、場所が変われば場面が変わるのが常識であり、それぞれの場面に場所を明記する慣習となったため、それにしたがって、ベンヴォーリオたちが退場した直後に「第二幕第二場　キャピュレット家の庭園」などと新たな区切りを入れる慣習がしばらく続いた。しかし、シェイクスピアの原文には、ここに場面の切れ目はない。

それどころか、ベンヴォーリオの最後の「探してみてもはじまらない」と、次のロミオの「傷の痛みを知らない奴だ」の行末は found と wound で二行連句（押韻した二行）となっているので、ここで切ることはできないのである。オックスフォード版（二〇〇〇年）編者のジル・レヴェンソンはこの点を強く主張し、ここから第二場としていたこれまでの慣行を批判している。

狂言を見慣れていれば、そもそも「第〇幕第〇場」という幕場割りは不要であるとわかるだろう。その点でも、シェイクスピアの舞台は、狂言に似ている。「第○幕第○場 どこそこ」という設定を前提とする近代劇のやり方が狂言にそぐわないように、シェイクスピア劇にもそぐわないのである。それに、たとえば『アントニーとクレオパトラ』では、アレグザンドリア、イタリア、シチリア島のメッシーナ、シリア、アテネなど、四二もの場面がある。そのため、瞬時に場面を替えられるシェイクスピア・マジックを用いないと場面転換だけで大変な時間がかかってしまうことになる。

シェイクスピア・マジック③——自由自在な場所設定

狂言やシェイクスピア劇では、場合によっては同時に二つの場面をいっぺんに演じるアクロバティックなことさえやってしまう。たとえば、『ロミオとジュリエット』で夜会に行くロミオたちは、「太鼓を打ち鳴らせ」と叫びながら舞台をぐるりと行進してまわり、そのあいだに、舞台中央に飛び出してきた召し使いたちが「食器棚をどけろ」「せっせと働け」と声をかけあいながら準備に忙しくしているようすを見せる。その召し使いたちが消えると、そこにキャピュレット夫妻をはじめ大勢の紳士淑女たちがいて、ちょうど舞台を一周してきたロミオたちを迎える一連の流れがある。召し使いたちが慌ただしく準備をしている最中にも、観客は舞台の端を行進し続けているロミオたちを見られるのだ。召し使いたちがせりふを言うのはキャピュレット家の屋内のはずだからといって新たな場面区切りを設けるのはかえっておかしい。狂言でも、家の外で待つ訪問客と、屋敷の奥にいる主人の両方に太郎冠者が対応するという二重の場所設定はよくあることであり、なにもない空間だからこそ、場所は自由自在に設定できるわけである。

つまり、シェイクスピアを理解するためには、「第○幕第○場　どこそこ」と設定する近代劇の常識を捨てなければならないのだ。おもしろいことに、ひと昔前の『ハムレット』の翻訳を見てみると、のっけから次のような詳細なト書きがあったりする。

エルシノア城　銃眼胸壁のうえの狭い歩廊。左右は櫓《やぐら》に通じる戸口。星のきらめく寒い夜。見張りのフランシスコーが矛《ほこ》を手に往《い》ったり来たりしている。鐘が十二時を報じる。間もなく、もう一人の見張りのバーナードーが同様のいでたちで城から出てくる。闇《やみ》のなかにフランシスコーの足音を聞きつけ、急に立ちどまる。

しかし、原文にあるのは――

Enter Bernardo and Francisco, two Sentinels.（二人の歩哨、バナードーとフランシスコ登場。）

――のみなのである。これは、古いケンブリッジ版（一九三四年）の編者ジョン・ドーヴァー・ウィルソンが、劇というものは場面ごとに場所の設定がなければならないと信じて加筆したものの訳（福田恆存《つねあり》訳）である。

これなどはまさに近代劇の常識が、シェイクスピアを呑みこんでしまったよい例であろう。シェイクスピアの書き方では不十分だと書き足してしまったのだから、「常識」とは恐ろしいものだ。最近ではドーヴァー・ウィルソンの加筆それ自体が研究対象になっているようで、二〇〇九年以降ケンブリッジ出版局から「ケンブリッジ・ドーヴァー・ウィルソン・シェイクスピア」というシリーズで再版されている。

たとえば、「生きるべきか死ぬべきか」の場面で原文では「ハムレット登場」とだけあるところをドーヴァー・ウィルソンがどう料理したかを見てみると、「エルシノア城。長い廊下。その先にある祈禱台《きとうだい》にオフィーリアが跪《ひざまず》いて祈っている」となっている。

ここから逆に指摘できるのは、シェイクスピア演劇の特徴は、ハムレットが独白をしている場所をエルシノア城の長い廊下などとイメージできないことだ。ハムレットが独白しているのは、どこでもない場所であり、あえて言えば、ハムレットの脳内に観客が入り込む感じとでも言えよう。

場所の設定は観客の想像力に任されているのが、シェイクスピア劇の強みであり弱みでもあった。シェイクスピアがこの点を強く意識していたのは『ヘンリー五世』の序詞役の言葉からもわかる。序詞役は、このO形の木造小屋に広大なフランスの戦場が収まるはずがないので、観客の想像力にすがるよりほかないと言う。

「我らが馬と言うときには、馬がその誇らしげな蹄を大地に打ちつけているさまを目にしているものとお考えください」と頼み、「場所が自在に変わり、時間を飛び越える」のも観客の想像力次第だと言う。この想像力こそが、シェイクスピア・マジックの仕掛けだと言ってよい。

シェイクスピア劇の特徴――韻文

以上、舞台構造からくるシェイクスピア劇の特徴について語ってきた。次に、シェイクスピアの劇世界を特徴づけるもう一つの点を見てみよう。それは、せりふの多くが韻文で書かれている点である。

おそらくシェイクスピア劇をとっつきにくいと感じる人の多くは、大仰な詩的なせりふまわしに違和感を覚えるのではないだろうか。たとえば、さきほど第4章冒頭で――

だが、見ろ。茜色のマントをまとった朝が
あの東の丘を、露を踏みしめて歩いてくる。

——というせりふを紹介した。現代のテレビドラマや映画なら「ほら、あっちの東の丘に、もう朝日がのぼるよ」などと言うところだろうが、「茜色のマントをまとった朝」だの「露を踏みしめて歩いてくる」だの、朝を擬人化して仰々しい言い方をしている。もし現在、誰かが日常生活で「朝が露を踏みしめて歩いてくる」などと言い出したら、おかしな人だと思われてしまうだろう。

しかし、ここでも私たちの抱える常識を持ち込んではならない。四〇〇年前のイギリス人だってこんな言い方を日常的にしていたわけではなく、こうしたせりふは詩として朗唱すべきものだったのである。シェイクスピアは、劇作家である前に詩人であった。仮に四〇作に及ぶ戯曲を書かなくても、シェイクスピアは詩人として英文学史上に名前をとどめただろうと言われている。

シェイクスピアの劇のせりふはもっぱら詩(韻文)で成り立っており、たいてい弱強五歩格(アイアンビック・ペンタミター)という韻律《リズム》があった。これは、「弱い・強い」というパターンが毎行五回繰り返されるもので、今のホレイシオのせりふなら——

But **look**, the **morn**, in **russet mantle clad**,
Walks **o'er** the **dew** of **yon** high **eastward hill**.

——のように、太字にしたところを強く読めば、一行につき強いところが五回ずつあることがわかる。これが、弱強五歩格だ。リチャード三世の名せりふ「馬だ！　馬だ！　馬をよこせば王国をくれてやる！」であれば——

A horse, a horse, my **kingdom for a horse**!

——という具合だ。

なぜ弱強五歩格なのか。まず、英語は、**my mother** や **a book** のように、弱強が自然のリズムである。そして、六歩格にすると、息が続かなくなる。なにしろ役者はこのリズムでずっと語り続けねばならないのだ。五歩格なら、続けて語っていくのにもっとも自然なリズムなのである。では、四歩格にするとどうなるか。

『マクベス』に登場する魔女たちが、ぐつぐつ煮えたぎる魔法の鍋をかきまわしながら言う次のせりふは強弱四歩格になっている。

魔女1　釜のまわりをぐるぐる回り、　**Round** about the **cauldron go**,
毒のはらわた、放り込め、　**In** the **poisoned** entrails **throw**.
まずはこれなるヒキガエル、　**Toad**, that **under cold stone**
冷たい石の下に寝て　**Days** and **nights** has **thirty-one**
ひと月かいた毒の汗、　Sweltered **venom sleeping got**,
魔法の釜で煮込みましょ。　**Boil** thou **first** i' th' **charmèd pot**
全員　増やせ、不幸を、ぶつぶつぶつ、　**Double**, **double** **toil** and **trouble**,
燃やせ、猛毒、ぐつぐつぐつ。　**Fire burn**, and **cauldron bubble**.

（第四幕第一場）

太字にしたところを強く読めば、一行につき四回強いところがあって毎行の頭を必ず強く読み、調子のよい、歌うようなリズムとなっていることがおわかりいただけよう。こうした強弱四歩格は、マザーグース（ナーサリー・ライム）などにもよく見られる。実は原文は二行ずつ押韻（ライム）しているので、次の『夏の夜の夢』の妖精パックのせりふでは、押韻も合わせて訳出してみよう。

妖精パックは、妖精の王様に命令されて、森のなかに迷い込んだアテネの若者の目に《恋の三色スミレ》という魔法の恋の汁を垂らさなければならないのだが、その若者はどこにいるのだろうと捜しているせりふである。ライムしているところがわかるように、原文に記号をつけた。

パック　**森**じゅう、**どこ**にも**いやしない**。
　アテネの**男**が**見つ**から**ない**。
　その目に**こいつ**を**垂らしたい**。
　媚薬の**効果**を**見てみたい**。
　夜は**静**かだ――**こりゃ**、だれ**だ**？
　服は**アテネ**の**見て**くれ**だ**。
　これだな、王が言**って**た**やつ**。
　アテネ娘を**ふっ**た**やつ**。
　（中略）
　魔法に**かかれ**、**この**野**郎**、

Through the **forest have** I **gone**.
But Athenian found I **none**,
On whose **eyes** I **might** approve
This **flower's force** in **stirring** love.
Night and **silence**! **Who** is **here**?
Weeds of **Athens he** doth **wear**.
This is **he**, my **master** said,
Despisèd **the Athenian** maid.

Churl, upon thy **eyes** I **throw**

その目に**たっ**ぷり**塗っ**てや**ろう**。

All the **power** this **charm** doth **owe**.

（第二幕第二場）

二行ずつ同じ音で終わっているうえ、歌うような調子のよいリズムが繰り返されている。こうなってくると、せりふは意味だけではなく、リズムが重要だということがおわかりいただけるだろう。

シェイクスピアは歌うリズムにしたいときはこのように四歩格も用いるが、基本は語りとしてもっとも自然な弱強五歩格を用いる。

その際、行末に押韻のない形式を用いるのがふつうだ。円熟喜劇の最高峰と言われる『十二夜』（一五九九年）の冒頭のせりふを、シェイクスピアの典型的な書き方の例として引いてみよう。憂鬱な恋に耽《ふけ》るオーシーノ公爵のせりふである。

音楽が恋の糧《かて》なら、続けてくれ。
嫌というほど味わえば、さすがの恋も飽きがきて、
食欲も衰え、なくなるかもしれぬ。

If music be the **food** of **love,** play **on.**

Give me excess of it that, surfeiting,
The appetite may sicken, and so die.

ご覧のとおり、行末は同じ音で終わっていない（押韻していない）。このように弱強五歩格で押韻のない形式をシェイクスピアは多用する。これをブランク・ヴァースと呼ぶ。

日本語で「韻」という言葉は、「韻律」（リズム）にも「押韻」（ライム）にも用いられるため、ややこしいが、ライムがなくても（同じ音で終わっていなくても）リズムがあれば、それは韻文（一定の韻律をもち、形式の整った文）なのである。ブランク・ヴァースを無韻詩と訳すことがあるが、このとき「無韻」とは「押韻のない」という意味だ。

だが、シェイクスピアはいつもブランク・ヴァースばかりを使っているのではない。調子よくたたみかけたり、激しい感情を歌い上げたりするときなどは、韻を踏むこともある。

夏目漱石の『三四郎』のなかで、三四郎の同級生、與二郎が **Pity is akin to love** を「可哀想だた惚れたつてことよ」と訳して廣田先生に「下劣の極」とけなされるが、この英文のもともとの出典は『十二夜』の次の会話であろう。伯爵家の令嬢オリヴィアが男装の麗人ヴァイオラを男と勘違いして惚れてしまい、「私のことをどう思っているの」とヴァイオラに迫るくだりだ。

ヴァイオラ　可哀想だと思います。　I pity you.

オリヴィア　それは恋の第一歩ね。　That's a degree to love.　（第三幕第一場）

男装してシザーリオと名乗っているヴァイオラはオリヴィア姫を愛せないし、もう意中の男性がいるから、どんなにオリヴィアに迫られようとすげなく断るしかない。オリヴィアは、勝手に《私の素敵な人》をヴァイオラに見る。そして、夢中でその思いをヴァイオラに訴えるのだが、ヴァイオラが女性だと知る観客は、オリヴィアがむなしい恋をしていることがよくわかる。オリヴィアは、どうにも抑えられない気持ちを英雄詩体《ヒロイック・カプレット》——弱強五歩格《アイアンビック・ペンタミター》で二行ずつ韻を踏む詩体——で熱く歌い上げる。翻訳でも押韻を表現してみた。

オリヴィア　忍ぶれど、忍びきれない恋心。
A murderous guilt shows **not itself** more **soon**
隠しても、あらわになるわ、たちどころ。
Than love that **would** seem **hid**. Love's **night** is **noon**.
シザーリオ、春の薔薇にかけて、

Cesario, by the **roses of** the **spring,**
処女の操、誠そのほかすべてにかけて、
By maidhood, honor, truth, and **everything,**
あなたを愛しています。馬鹿にされても構わない。
I love thee **so,** that, **maugre all** thy **pride,**
この気持ち、どうにもできない、止まらない。
Nor **wit** nor **reason can** my **passion hide.**

（第三幕第一場）

こうした例からもわかるように、シェイクスピアのせりふは、意味だけを伝えるのではなく、音の響きを楽しみながら朗唱すべきものなのだ。

さらに、韻文のほかに散文——つまり、韻律の定まらない普通の言葉——が用いられることもある。散文は副筋に登場する滑稽な人物たちが語る言葉として用いられることが多い。たとえば『夏の夜の夢』の副筋の大将ボトムは、妖精の女王ティターニアに韻文で話しかけられても散文でこう答える。

ティターニア　どうか、優しい動物よ、もう一度歌って頂戴。

この耳は、あなたの声の虜《とりこ》になってしまった。
この眼は、あなたの姿にもう夢中。
あなたのすばらしい魅力に、私はもうたまらない。
一目見ただけで、あなたを愛していると誓わずにはいられない。

ボトム　奥さん、そいつはちょっと理性的じゃないんじゃありませんかね。もっとも、正直言って、理性と恋愛ってのは最近じゃ反《そ》りが合わねえようですがね。誰かあいだに入って、仲直りさせてやりゃあいいのにねえ。いや、俺だって場合によっちゃ、冗談の一つも言えるんです。（第三幕第一場）

散文は気取らない日常語であり、観客をほっとさせ、笑いに誘《いざな》う。このようにシェイクスピアはさまざまな言葉遣いを駆使して、劇世界を構築している。

要するに、シェイクスピアの魅力とは理屈を超えたおもしろさであり、頭で理解するのではなく、感じるものだと言ってよいだろう。リズムや音の響きを楽しむ世界なのである。

第5章

喜劇——道化的な矛盾の世界

道化の鏡
エラスムス（1466〜1536）の主著
『痴愚神礼讃』（1511年）の挿絵

喜劇はすべてを肯定する

シェイクスピアの悲劇の世界をハムレットのせりふを使って To be, or not to be（あれかこれか）とするなら、その喜劇の世界は To be and not to be（あれでもあり、これでもある）と規定できる。悲劇の世界では一人の主人公の価値観がクローズアップされ、正しさは一つであるべきとされるが、喜劇の世界ではいろいろな人たちがいろいろなことを言い、そのいずれもが肯定される。

まじめな人ほど自分に厳しく、はっきりした正しさを持つがゆえに、その正しさを他の人にも守ってもらいたいと考えがちだ。そして、他者に自らの価値観を押しつけようとすると、悲劇になる。喜劇では、自分の価値観と相容れない別の考え方をする人たちを否定することはない。よく言えば心の余裕があるわけだが、悪く言えば、いい加減で曖昧だ。ふまじめとさえ言えるかもしれない。いや、「まじめ」と「ふまじめ」という線引きをしてしまうこと自体、喜劇的ではなく、まじめなのかふまじめなのかわからないという曖昧さが、シェイクスピア喜劇の神髄と言うべきだろう。どんなときにもユーモアを忘れないイギリス人気質もシェイクスピアの喜劇世界に通じるところがある。

人は必ずまちがえる。なにかしら失敗する。馬鹿なことをする——それこそが、人間性であり、人間らしさだと認識するのが、当時のルネサンスという時代に流布していた人文主義《ユマニスム》思想だった。ルネサンスの時代思想としての人文主義とは、実用主義的な教育ではなく、全人格的な人間形成に必要な教養を得るために、古代ギリシャ・ローマ時代の古典文化の研究を旨とする。真の学問とは、よりよく生きるためのものであり、そのためには利那的な目先の利益を追う近視眼的生き方ではなく、自分の死を視野に入れ、死ぬまでに何ができるかを考えなければならない。人間は神のように全知全能にも不死にもなれないのだから、己のいたらぬところを自覚しなければならないとするのが人文主義思想だ。

真に学問をする者は、知れば知るほど自分の無知を思い知る。自分が何を知らないかを知るようになる。エリザベス一世と同い年のフランスの人文学者ミシェル・ド・モンテーニュ（一五三三〜九二）は「自分は愚か者にすぎないということを学ばねばならぬ」と喝破し、「クセジュ（私は何を知っているか）」と問うた。この発想は、一般にソクラテスの「無知の知」として理解されるものが原点だと考えてよいだろう。

ソクラテスの「無知の知」は、次のような逸話で説明される。ある日、アテネの哲学者ソクラテスは、「ソクラテスより賢い者はいない」というアポロンの神託を受けて驚く。愚かな自分が一番賢いはずはない、自分より賢い人がいるはずだと考え、有名な政治家や軍人や詩人を訪ねて問答してみると、その結果、「世の中で賢いと言われる人たちは自分が賢いと思っているが、私は自分が愚かだと知っている」ことに気づき、自分は己の愚かさを自覚している点において無自覚な人より賢いのかもしれないと納得したという。これは釈迦の「おろかなるものも、おのれ愚かなりと思うは、彼これによりてまたかしこきなり　おろかなるに、おのれかしこしと思うは、彼こそまことおろかといわるべし」（『法句経《ほっくぎょう》』第五品「闇愚」六三、友松圓諦訳）や、孔子の「知らざるを知らずと為す是知るなり」（『論語』）といった発想と通じるものである。

ただし、「無知の知」という表現は、ソクラテスが用いた形跡はなく、プラトンの著作にも見当たらず、どうやら中世の哲学者ニコラウス・クザーヌス（一四〇一～六四）の説いた「知ある無知」（*docta ignorantia*）に由来する表現らしい。クザーヌスの「知ある無知（学識ある無知）」とは、人間が神の無限を把握できないことを深く認識することによって確認しうる無知のことをいう。しかし、シェイクスピアはクザーヌスではなく、より通俗的なソクラテスの逸話のほうで理解していたようだ。そのことは、シェイクスピアが描く道化たちの次のような言葉から確認できる。

道化タッチストーン曰く、「愚者は己が賢いと思うが、賢者は己が愚者だと知っているものだ」（『お気に召すまま』第五幕第一場）。また、道化フェステ曰く、「自分が知恵者だと思っているやつはたいてい阿呆とわかるもんだ。おいらは自分に知恵がないとわかっているから、知恵者で通るかもな。だって、クイナパラスはなんて言っている？『アホな知恵者たるより、知恵ある阿呆たれ』」（『十二夜』第一幕第五場）。

『十二夜』でヒロインのヴァイオラが道化フェステのことを「あの人は、賢いから阿呆を演じられるんだ」と言うように、シェイクスピアの道化《フール》は基本的にソクラテスばりに、己の愚を知る「賢い阿呆《ワイズ・フール》」という矛盾した存在なのである。

シェイクスピア劇の賢い道化たち

シェイクスピアの喜劇には道化が多く登場する。道化の役割とは、他の登場人物たちに自らの愚かさを認識させることだ。中世・ルネサンスにおける道化は、サーカスのクラウンやピエロとは違い、人間の抱える愚の認識の必要性を説く人文主義思想に基づく存在なのである。演劇史的に言えば、道化の原型は道徳劇の悪徳《ヴァイス》やローマ喜劇の滑稽な奴隷に求められる。そして、シェイクスピアの時代には、宮廷道化師《コート・ジェスター》と呼ばれる人たちが実在していた。

セバスチャン・ブラント『阿呆船』（1494）の挿絵。左が道化服を着た男

エリザベス女王にも、その父親ヘンリー

八世にもお抱えの宮廷道化師がいた。ヘンリー八世の宮廷道化師ウィル・サマーズは王に対して馴れ馴れしい口をきいて冗談や毒舌を言うのを許された「天下御免の阿呆」であった。ヘンリー八世が激怒して会議が続行できなくなったときも、ウィル・サマーズが恐れずに軽口を叩いて王を笑わせ、会議が進められたという逸話も残っている。宮廷道化師は、前ページの挿絵のように、鈴のついた道化帽を被り、先にグロテスクな道化の顔のついた道化棒を持っていた。

2015年東大入試第2次試験問題（英語）に出題された絵《愚者の鏡》

本章の扉に掲げたルネサンス最大の人文主義学者エラスムスの著書『痴愚神礼讃』に掲げられた挿絵《愚者の鏡》は、実に巧みに道化の機能を示している。すなわち、道化服を着ているのに道化帽を脱いでまじめそうな顔をした男が鏡を覗き込むと、鏡のなかの道化が「おまえは阿呆《フール》だ」と指摘すべく、舌を突き出しているという図である。道化の役割とはまさにこの鏡のなかの道化のように、自分がまじめで賢いつもりでいる人に「己の愚かさを知れ」と言ってやることであるわけだが、それは「あんたは阿呆の俺と同じ阿呆だよ」と言うに等しい。

オクシモロン

「賢い阿呆」や「無知の知」といった矛盾した表現をオクシモロン（矛盾語法・撞着語法）と呼ぶ。「オクシ」は「賢い」、「モロン」は「愚か」を意味するギリシャ語だ。まさに「賢い阿呆」が原意である。矛盾した内容をあえて結びつけるこの表現は、近代的な整合性にこだわらずに奔放な想像力を行使するシェイクスピアの作劇を特徴づける表現方法だ。

なぜシェイクスピアが矛盾した表現を好むかと言えば、人間は矛盾した存在だという認識があるからだろう。こうしたほうがいいとわかっていてもそうできなかったり、好きな人を傷つけてしまったり、やってはいけないことをやってしまったりする。人間は理屈を超えた存在であり、矛盾のなかにこそ人生の危うさやおもしろさがつまっているのだ。

たとえば、『夏の夜の夢』では、結婚を祝って演じられる芝居が「冗漫にして簡潔な一場。とても悲劇的なお笑い」と説明されるとき、公爵が「これは熱い氷、黒い雪というようなものだ」と、オクシモロンを用いている。『夏の夜の夢』では、若者たちが自分の恋人を追い求めて騒動を起こすが、ついに恋人が自分のものとなっておさまりがついたとき、ヒロインの一人は、恋人が「私のものなんだけど、私のものじゃないみたい」に見えると言う（第四幕第一場）。いつまた離れていってしまうかわからない恋人の心を今つかんだという思いにまつわる不安は、逆に今のはかない喜びを強めてくれるのかもしれない。
「人間は矛盾する」という発想は喜劇にとどまらないため、シェイクスピアの悲劇においてもオクシモロンの例は多くみられる。いくつか有名な例を見ておこう。

きれいは汚い、汚いはきれい。

（第一幕第一場）

これは『マクベス』の冒頭で魔女たちが繰り返すせりふだ。すばらしいと思えることでも、見方を変えてみると道徳的に忌まわしいところがあったり、こうだと認識されるものが実はまったく違った実体をもっていたりするというこの劇のテーマに深く関わっている。こうした認識をもつ魔女たちは喜劇的だということもできる。

マクベスの第一声も「これほど汚くてきれいな日は見たことがない」であり、これは普通「今日は天候が荒れている悪い日だが、戦いに勝利した良い日だ」という意味に解される。だが、このように最初に登場したときは喜劇的とも言える絶妙なバランス感覚をもっていたマクベスは、劇が進むにつれて、「動く森」、「女から生まれぬ男」といったオクシモロンなど成立しないと思い込み、悲劇的結末を迎えることになってしまう。

『ロミオとジュリエット』では、ロミオが甘い恋の切なさを――

そもそも無から生まれた有だ！
重たい軽さ、真剣な軽薄、
恋と呼べば聞こえはいいが、その内実はどろどろだ！
まるで鉛の羽根、輝く煙、冷たい炎、病んだ健康、
覚醒した眠り——そうであってそうでないものだ！

（第一幕第一場、訳の一部変更）

——と形容して悶々《もんもん》としているうちは悲劇に発展する気配はない。確かに悲劇の発端は、敵同士の家のあいだに恋が芽生える——「憎しみから恋が生まれる」（第一幕第五場）——ところにあるが、『ロミオとジュリエット』という劇は、殺人が起こるまでは——マキューシオとティボルトが殺されるまでは——喜劇的な展開をしている。しかも、ジュリエットは、愛しいロミオが従兄のティボルトを殺したと知って嘆くときさえ、オクシモロンを用いる。

美しい暴君、天使のような悪魔、
鳩の羽持つ鴉《からす》、狼のように貪る羊！
見かけは最高に神々しく、その実態はおぞましい！

外見と内実は正反対！
呪われた聖人、徳高い悪党！　（第三幕第二場）

だが、最後に「死のような生」（仮死）というオクシモロンの意味をロミオが読みとることができなかったため、悲劇の結末となってしまうのである。
悲劇なのか諷刺劇《ふうし》なのかはっきりせずに「問題劇」というレッテルを貼られることが多い『終わりよければすべてよし』のヒロインのヘレナは、愛しいバートラムが宮廷で出会うだろう女性たちをこう形容する。

慎ましい野心の塊、高慢な謙遜さん、
耳障りな和音さん、調子はずれの甘い音色さん、
心を委ねる、すてきな災害さん　（第一幕第一場）

これは当時の宮廷の恋愛詩でよく用いられた技法だ。女が矛盾によって形容されることは頻繁だった。ヘレナ自身、バートラムの妻となるのに愛されないという矛盾した立場に立つことになる。というのも、「彼〔バートラム〕は女を愛して、愛さなかった」からだ（第五

幕第三場)。バートラムは妻を退け、他の女を抱くが、実は他の女を抱いたつもりで、妻を抱く。それゆえこの劇は「彼は有罪であり、有罪ではない」(第五幕第三場)というオクシモロンによって決着がつけられることになる。

やはり「問題劇」とされるローマ劇『トロイラスとクレシダ』では、愛を誓い合ったはずの恋人クレシダが別の男といちゃついているのを目撃した主人公トロイラスが叫ぶ。

これはクレシダであって、クレシダではない。　(第五幕第二場)

このローマ劇はトロイ戦争を描き、トロイラスの兄ヘクトルが虐殺される悲劇を描くが、表題となっているトロイラスとクレシダの二人は死なない。オクシモロンを口にした時点でトロイラスは悲劇的世界から逃れるのだ。

そういう意味では、黒を白と言いくるめる矛盾の権化のようなフォールスタッフは、喜劇の王様といえよう。フォールスタッフは、大言壮語するくせに臆病な軍人という「法螺吹き兵士《ブラガート・ソルジャー》」の系譜に属するタイプで、歴史劇『ヘンリー四世』と喜劇『ウィンザーの陽気な女房たち』に登場する。窮地にあってものらりくらりと言い抜けるフォールスタッフほど、あれでもあればこれでもあるという曖昧な喜劇精神を体現する者はないだろう。

このようにオクシモロンという表現それ自体には喜劇性が籠められているが、オクシモロンは喜劇でも悲劇でも用いられる。たとえば、「私は私ではない」(I am not what I am) というオクシモロンの表現は、喜劇『十二夜』にも悲劇『オセロー』にもある。『十二夜』では、オリヴィア姫が男装したヴァイオラに惚れてしまい、夢中で口説こうとするやりとりのなかに、この表現が出てくる。

オリヴィア　待って——。ね、お願い、私のこと、どう思っているか教えて。
ヴァイオラ　あなたは、本来のあなたを見失っておられます。
オリヴィア　私がそうなら、あなただってそうだわ。
ヴァイオラ　そのとおりです。僕は今の僕ではありません (I am not what I am)。
(第三幕第一場)

この最後の行でヴァイオラが言おうとしている真意は、「僕は今、男のふりをしていますが、それは本来の僕ではありません」ということだ。
一方、『オセロー』では、悪党イアーゴーが「正直者のイアーゴー」と呼ばれてオセロー将軍の正直で忠実な旗持ちという定評を得ているが、実はオセローを憎んでいて、忠実なふりをしているだけだと言う。

この胸の内で思ってること、やってることを
外に出して見透かされたりなんかするもんか。
それくらいなら自分の心臓を
袖先にぶらさげて、カラスにでも
つつかせるさ。今の俺は俺じゃないんだ（I am not what I am）。　（第一幕第一場）

この最後の行は、「俺は正直者のイアーゴーと言われているが、それは本当の俺ではないのだ」という意味である。そこには悪党のほくそ笑む姿がある。悪党の思いどおりになって罰せられることもないとしたら、それは悪党にとっての喜劇世界だろう。

AであってAでないという、矛盾律を否定した世界こそシェイクスピアの喜劇世界だと言ってよい。論理学の世界とちがって、実人生では、ものごとはわりきれない。そうなのだがそうではないというどちらつかずのことがあるから、人は悩むのだ。「私」というものの中身も変化し、「良い」と思っていたものが「悪い」に変わったりする。

こうした矛盾を受け入れる発想は、当時の人文主義思想の根底を支えた新プラトン主義の考えかたにあった。「反対の一致」ないし「対立の一致」(*coincidentia oppositorum*)という概念を提唱したクザーヌスによれば、これは「無知の知」(知ある無知)と関連している。クザーヌスは、神の本質である無限において、極大である神と極小である被造物は一致し、神の調和のなかであらゆる対立は一致すると説いた。三角形の一辺を無限に長くすれば三角形は直線と一致する。そのように極大においてあらゆる対立は解消されるというわけである。

クザーヌスは、宇宙の中心を人間と考えたことでルネサンスの思想への橋渡しをした重要な哲学者である。人間を描いたと言われるシェイクスピアのものの見方は、このような当時の時代思想に基づいているのだ。

喜劇の構造①――暗い影から攪乱過程へ

具体的にシェイクスピアの喜劇がどのように描かれているか見てみよう。カナダの文学研究者ノースロップ・フライらの分析に基づけば、その構造は次のようになっている。

まず冒頭で何かしら暗い影が示され、それを乗り越えるべく主人公らが進んでいくうちに「攪乱過程《かくらん》」と呼ばれる混乱状態に入っていく。

そうしてクライマックスを迎えたのちに、混乱が解消して大団円を迎える。

冒頭にある暗い影とはどのようなものか、喜劇すべてについて吟味してみよう。一般的に問題劇として分類される『終わりよければすべてよし』と『尺には尺を』も喜劇として数えるなら、シェイクスピアの喜劇は次の一二作ということになる（シェイクスピアの戯曲全四〇作は、喜劇一二作、悲劇一一作、歴史劇一二作、ロマンス劇五作と分類できる）。

喜劇の作品名を推定執筆順に掲げて、それぞれの作品の冒頭にある暗い影の内容を記していく。

1『ヴェローナの二紳士』――恋人との強制的な離別
2『恋の骨折り損』――恋愛禁止という理不尽な規則
3『じゃじゃ馬馴らし』――じゃじゃ馬のヒステリー
4『まちがいの喜劇』――家族離散と理不尽な死刑宣告
5『夏の夜の夢』――理不尽な結婚命令、夫婦喧嘩、横恋慕
6『ヴェニスの商人』――わけのわからない憂鬱
7『ウィンザーの陽気な女房たち』――騎士の悪事
8『から騒ぎ』――口喧嘩と不平不満
9『お気に召すまま』――宮廷からの追放

10『十二夜』――服喪と恋の憂鬱
11『尺には尺を』――理不尽な法律と死刑宣告
12『終わりよければすべてよし』――夫からの理不尽な指示

主人公は、このような暗い影を乗り越えるべく攪乱過程に入っていく。そこで主人公はいったんそれまでの自分を失い、自分が何なのかわからなくなる。すなわち、アイデンティティの喪失と混乱とを経験するのだ。

これこそシェイクスピア喜劇の重要なポイントだ。それまでの自分の殻を破って新たな自分となったり、偶然出会った人が自分の重要な一部となったりする。新しいアイデンティティを得るためには、それまでの自分のアイデンティティを失う危険を冒さなければならない。

わかりやすい例は、『まちがいの喜劇』がはじまってすぐ、主人公アンティフォラスが語る次のせりふだろう。彼は、幼い頃に生き別れたふたごの兄と母を捜す旅の苦労をこう語る。

私は広い世界のなかで、大海の一滴だ。
海のなかでもう一滴を見つけようとするが、
仲間を探そうとして海に落ちると見えなくなり、

知りたいともがくうちに自分が消えてしまう。（第一幕第二場）

自らを「大海の一滴」に譬《たと》え、世間という大海のなかで自分と結びつくべき「もう一滴」を捜すうちに、自分自身を見失いそうになると言う。だが、そうして自分を失いかねない冒険に踏み出さなければ、新しい地平は見えない。

冒険に出ることを具体的に示すために、喜劇の主人公たちは、森であるとか異国であるとか、日常世界とは異なる場所に行くことが多い。たとえば、月の光に照らされた『夏の夜の夢』のアテネの森などは、妖精が跋扈《ばっこ》し、理性の象徴である太陽の光が差さないという点で、まさに常軌を逸した攪乱過程の場にふさわしい。

そうした攪乱過程で、人はあれでもあればこれでもあるといったようなアイデンティティの混乱を経験する。この混乱が激しければ激しいほど、楽しい劇となる。そして、最後に混乱は収まり、大団円を迎えるのだ。そのときに主人公は新たなアイデンティティを——多くの場合、結婚という形で——得る。

多くの喜劇で結婚が大団円を飾るのは、自分と配偶者が別々の個人であると考えるような近代的個人主義とは異なり、結婚をして初めて人は一人前になると考える時代だったからである。最近の批評では、結婚は必ずしも幸せを保証しないから喜劇の締めくくりとしてふさわしくないとする意見もあるが、シェイクスピアの時代の結婚観は現代のものとはちがっていた。結婚相手のことを「ベター・ハーフ」と呼ぶ言い方はこの時代からのものであり、夫婦は一心同体ということが今よりも強く信じられていた。『まちがいの喜劇』における妻エイドリアーナの弁に耳を傾ければ、その意味がよくわかるだろう。夫の浮気に心を痛める妻は、この劇で何度か用いられる重要な「大海の一滴」というメタファーを用いて夫婦の結びつきを訴える。「私」という一滴が、もう一滴である夫と一緒になったとき、それはもはや二滴ではなく、分かちがたい大きな一滴となるという発想だ。

ああ、どうしてですか、あなた、どうして、
あなた自身からあなたを引き離そうとなさるんです。
あなた自身と呼びます。だって、私はもはや私ではなく、
あなたの魂よりも大切なものとして、
あなたと分かちがたく一体となっているはずでしょう。
ねえ、私からあなた自身を引き裂かないで。
だって、いい？　荒波の海に水を一滴落として、

その一滴を増えも減りもせず、
もとどおりに取り出すなんてことが
万一できたとしても、私からあなた自身だけ
引き離して私とわけるなんて絶対できないもの。

（第二幕第二場）

ここには結婚生活に苦悩する女の叫びがこめられている。その叫びは真剣そのものであり、悲痛でさえある。しかし、ここでエイドリアーナが夫だと思って必死で語りかけている相手が、夫と瓜二つの、ふたごの弟だというところに喜劇的設定がある。初対面の女からいきなり口説かれて、弟が驚くさまに観客は笑うことになる。

笑いの影に涙あり——その複雑な二重性こそがシェイクスピアらしさだと言えるだろう。

喜劇の構造②——主筋と副筋

二重性は作品の構造にも反映されており、シェイクスピア喜劇は主筋と副筋にわかれていることが多い。主筋では身分の高い人たちが真剣なドラマを繰り広げる一方、副筋では身分の低い人たちが滑稽なドラマを繰り広げるのが一般的だ。ここでは円熟喜劇の最高峰『十二夜』を例にして、その構造を確認することにしよう。

『十二夜』において、男装してシザーリオと名乗る乙女ヴァイオラは、イリリアの公爵オーシーノに仕えており、密かに公爵に惚れている。だが、公爵は伯爵家の美しい令嬢オリヴィアに惚れており、オリヴィアは男装のヴァイオラに惚れるという恋の三角関係が描かれる。これが主筋だ。

副筋では、同じ片思いのテーマが滑稽に演じられる。まず若い愚かな貴族（サー・アンドルー・エイギューチーク）がオリヴィア姫に恋焦がれており、オリヴィア姫の叔父（サー・トービー）にだまされて金づるにされている。一方、堅物の執事マルヴォーリオがいたずらにひっかかって、主人のオリヴィアから恋文をもらったと信じ込み、その手紙に書いてあったとおりの変わった恰好をしたり、にやにや笑いをしたりと、おかしな振る舞いをして、さんざん馬鹿にされる。

オリヴィアに一方的に恋心を抱いて報われないという点では、主筋の公爵も副筋のマルヴォーリオやサー・アンドルーも同じだが、観客は公爵を笑い飛ばさず、副筋の連中を笑い飛ばす。それというのも、公爵は自分を愛してくれるヴァイオラの存在に気づくことによってオリヴィアへのむなしい恋を自ら諦めて新しい愛を得るのに対して、副筋の連中は己の愚かさに気づくことがないからだ。

やがて男装のヴァイオラと見分けがつかない、瓜二つのふたごの兄セバスチャンが登場して、芝居は攪乱過程へと入っていく。オリヴィアはまちがえてセバスチャンを口説いて結婚してしまう。そして、最終場でセバスチャンとヴァイオラが初めて舞台上で出会い、劇は解決へ向かうのだ。

互いに死んだと思っていた兄妹の再会は非常に感動的に描かれる。そのとき、オーシーノ公爵は、ひとりの人間があちらとこちらにいると考えて「あるけれどもないものを見せる自然の覗き眼鏡」というオクシモロンを口にする。死んだ人が生き返るというオクシモロンのマジックだ。死者の蘇りというテーマは、『から騒ぎ』、『終わりよければすべてよし』、『ペリクリーズ』、『冬物語』、『シンベリン』などでも扱われる。

オリヴィアが犯したまちがいは、(ヴァイオラという女ではなく、セバスチャンという男を正しくつかまえた点で)まちがいではなかったのだとセバスチャンは言う。

オリヴィアがふたごを取り違えたのは、マルヴォーリオが偽の手紙をオリヴィアの手紙と取り違えたのと似たようなものだ。なのに、オリヴィアが報われてマルヴォーリオが罰せられるのはなぜか。それは、オリヴィアが自分の愚かさを自覚しているのに対して、マルヴォーリオが傲慢《ごうまん》で自分の愚かさに気づかないという差ゆえである。

オリヴィアは、自分の恋心を抑えられなくなってしまって、自分の頭がどうかしていると認識しており、マルヴォーリオの頭がどうかしてしまったと伝えられると、こう述べる。

気が変なのは私も同じ。真顔であろうと笑顔であろうと、変なことには変わりない。

（第三幕第四場）

ところが、これと対照的に、マルヴォーリオは「私は狂っていない」と叫ぶ。道化フェステは、マルヴォーリオの愚かさを次のように指摘する。

マルヴォーリオ　阿呆、こんなひどい目に遭った者はおらん。私はおまえと同じくらい正気なんだ。

道化　同じくらいって、それじゃあかなり狂ってるってことだね。阿呆と同じぐらいの頭しかないなんて。

（第四幕第二場）

いわば、道化はマルヴォーリオに向かって道化の鏡を掲げているのだが、当のマルヴォーリオが気づくようすはない。同様にサー・アンドルーも、最後にサー・トービーから面と向かって「この馬鹿が？　気取り屋の阿呆が？」と言われるまで、自分の愚かさを認識することはない。主筋でも副筋でも似たような愚行がなされている。ただ、主筋の人たちは己の愚かさに気づく一方、副筋の人たちは最後まで愚かであるという差があるのだ。

	イギリス演劇現存戯曲数	変装を用いた戯曲の数	使用率
1550-1559	13	6	46.2%
1560-1569	21	8	38.1%
1570-1579	10	6	60.0%
1580-1589	25	15	60.0%
1590-1599	82	58	70.7%
1600-1609	116	90	77.6%
1610-1619	87	70	80.5%
1620-1629	89	65	73.0%
1630-1639	133	101	75.9%
1640-1642	19	14	73.7%
1550-1642	595	431	72.4%

著者の東京大学博士論文 ***Disguise in Renaissance Drama: A Study of the Dramatic Representation of an Alternative Self*** (1997) より

二重のアイデンティティを可能にする変装

喜劇の攪乱過程で、アイデンティティの混乱を生み出すために多用される手法は変装だ。変装をすれば二重のアイデンティティを得る。つまり、「そうであってそうでない」というオクシモロン的人物となりうるのである。

それゆえ、シェイクスピアの劇に限らずエリザベス朝演劇では変装が頻繁に用いられた。シェイクスピアが活躍した一五九〇年から三〇年間の統計をとってみると、現在読むことができるエリザベス朝の戯曲二八五本のうち実に二一八本、つまり七六%もの劇で変装が用いられていた（著者独自の調査による)。

エリザベス朝演劇を代表するシェイクスピア喜劇が、頻繁に変装を用いたのも自然なことだ。『じゃじゃ馬馴らし』などは、異国にやってきた主人と召し使いが衣服を取り替えてアイデンティティを交換するところからはじまる。他にも、女性を口説くために家庭教師に変装する者がいたり、相手の親をだますために他人に父親役を演じさせたりするなど、変装だらけである。服装をそれらしく替えなくとも、『恋の骨折り損』や『から騒ぎ』などのように、仮面を使って他人のふりをするのも変装の一種と考えてよいだろう。

変装や仮面などの技法を用いない例外的なシェイクスピア喜劇は、『まちがいの喜劇』と『夏の夜の夢』の二作だけだ。と言っても、『まちがいの喜劇』ではそっくりなふたごが二組も出てくるので、変装を用いるまでもなくアイデンティティの混乱が起こる。また、『夏の夜の夢』では魔法の惚れ薬を垂らされた男の子が、目覚めて最初に目にした女の子に惚れてしまうという騒ぎが起きて、四人の若い男女のうち、どの男の子がどの女の子に恋しているのかわけがわからなくなる。かててくわえて、アテネの森でへんてこな芝居の稽古をしていた機織り職人のボトムは妖精パックのいたずらによってロバに変身してしまう。ここには、変装以上に強力なアイデンティティの混乱を生み出す趣向があると言えるだろう。

同じような研究をフランス演劇について行っている人もいる。その研究者の本には次ページのような数字が掲載されている。これと比較すると、イギリス演劇の変装への執着ぶりがはっきりする。コルネイユ、ラシーヌ、モリエールなどの古典主義演劇が全盛となったフランス演劇が理性を重んじたのに対して、エリザベス朝演劇ではアイデンティティの混乱を基調とした作劇が盛んだったと言うことができよう。

	フランス演劇現存戯曲数	変装を用いた戯曲の数	使用率
before 1600	148	26	18.0%
1600-1609	59	6	10.0%
1610-1619	64	11	17.0%
1620-1629	82	36	44.0%
1630-1639	203	98	48.0%
1640-1549	162	56	35.0%
1650-1659	115	65	57.0%
1660-1669	168	63	38.0%
1670-1680	112	43	38.0%

Georges Forestier, ***Esthétique de l'identité dans le théâtre français*** (***1550-1680***) (Genève : Droz, 1988) より

　ただし、変装は基本的に喜劇的な手法であるため、悲劇ではあまり用いられない。シェイクスピアの悲劇では（ハムレットの佯狂《ようきょう》〔狂気に陥ったふり〕は別として）『リア王』、『タイタス・アンドロニカス』、『コリオレイナス』の三作に用いられているのみだ。悲劇は人物の内面に集中していく傾向があるが、喜劇はもっぱら人間関係を描く。シェイクスピア喜劇では、「私」という存在が他者との関係のなかで構築されていくものであることを変装という技法を用いて示しているとも言えよう。

　なお、神々の存在を前提とし、奇想天外な展開を見せるロマンス劇（『ペリクリーズ』、『冬物語』、『シ

ンベリン』、『テンペスト』、『二人の貴公子』)でも、必ず変装の技法が用いられている。歴史劇はどうかと言えば、七五パーセントの割合で用いられており、当時のエリザベス朝演劇全体の平均値に近い。ただし、歴史劇には男装・女装といった異性装はでてこない。異性装は喜劇の特徴だと言ってもよいだろう。

シェイクスピアの喜劇では、とくに男装のヒロインが多い。男らしく振る舞おうとしながら、隠しきれない女心を持つという二重性を表現できるからだ。『ヴェローナの二紳士』のジューリア、『ヴェニスの商人』のジェシカ、ポーシャ、ネリッサ、『お気に召すまま』のロザリンド、そして前述した『十二夜』のヴァイオラが男装している。

逆に男性の女装が少ないのはなぜだろうか。エリザベス朝演劇には、女優がおらず、少年役者が女装して女役を演じていた。約束事としての女役とは別に、演劇的技法として女装を利用するためには、弁天小僧菊之助《べんてんこぞうきくのすけ》やお嬢吉三《じょうきちさ》のように、舞台上で男性であることをばらさなければ意味がない。美しい女物の着物で着飾っていた人が、もろ肌脱いで男として啖呵《たんか》を切るか、ふいに低い声を発して男性としてのアイデンティティを強烈にアピールしなければ、そのおもしろさを示せない(女役との違いを明確にしなければならない)。

だが、歌舞伎とちがってエリザベス朝演劇の女形は、かわいらしい少年であったため、強烈な男性性のアピールはむずかしかった。『お気に召すまま』のエピローグで、ロザリンドを演じていた少年役者がふいに自らの男性としてのアイデンティティを暴露するやり方も「もし私がほんとうに女でしたら」と言うだけの繊細なものだ。左に掲げたエリザベス朝より少しあとの時代の少年俳優の絵を見れば、その女性性がわかるだろう。この少年がジョン・フレッチャー作『忠臣』に出演したのを観たサミュエル・ピープスは、「生まれてこのかた、こんなにかわいらしいレイディを観たことがない」と記し、「ただ、彼女の声はあまりよくない」と女性扱いをした。一六一〇年にシェイクスピアの劇団・国王一座が『オセロー』を上演するのを観たヘンリー・ジャクソンという観客の一人もまた、デズデモーナ役者のことを「彼女はいつもじょうずな演技をしていたが、死ぬ場面では観客を大いに感動させた。彼女の顔だけを見ているだけで憐れを感じ得なかった」と記して、やはり女性扱いしている。これらの少年たちは、舞台上で完全に女性に見えたのだろう。

17世紀後半の少年俳優エドワード・キナストン

少年ではなく男が女装するという展開にすると、『ウィンザーの陽気な女房たち』のフォールスタッフが髭のあるおばあさんに変装してぶんなぐられるというドタバタのように、とんでもない女装にしかならなかった。

それ以外の女装は、舞台上の劇中劇で少年が女役を演じるという設定に限られている（『じゃじゃ馬馴らし』の小姓の女役、『夏の夜の夢』のふいご直しのフルートの女役、『ハムレット』劇中劇の妃役の三例のみ）。歌舞伎の女形のように立ち役もできるという役者は、シェイクスピアの時代にはいなかったようだ。

光と影

シェイクスピアが男装のヒロインを数多く描いたのは、変装が恋心を表すのにふさわしい仕掛けだからとも言えるだろう。思いの丈《たけ》をそのまま打ち明けられず心のうちに秘めておくことは、自分の本当の姿を人に明かさない変装にほかならない。

『十二夜』のヴァイオラは男装してオーシーノ公爵に仕えているが、実は公爵に惚れている。しかし、女としての正体を明かせないように、恋心を公爵に打ち明けることができず、かろうじてこんな謎かけをする。

ヴァイオラ　僕の父に娘がいて、ある男性を愛しました。
　ちょうど、僕が女だったら、
　あなたを愛したように。

オーシーノ　その子はどうなった？

ヴァイオラ　どうにもなりません。思いを告げもせず、
　蕾《つぼみ》に潜む虫のような片思いに、ひっそり
　薔薇色の頬を蝕ませていたのです。
　思いに耽り、憂鬱でひどい顔にやつれ、
　忍耐の像のように悲しみに微笑みかけていました。
　これこそ愛ではありませんか、真《まこと》の？

（第二幕第四場）

変装それ自体がどんなにおもしろくても、それを行う人の心が張り詰めているように、シェイクスピアの喜劇は、笑いの背後に常に影があること、影が明るさを支えていることを教えてくれる。『十二夜』では、愛の歌を所望する公爵のために、道化が「来たれ、来たれ、死よ」などと暗い歌を歌ったりする。

ルネサンスにおいて、人は死すべき存在であることが強調されたが、命に限りがあることを認識すればするほど、限りある人生をよりよく生きようと務めることになる。よりよく生きるためには、人間としての限界をよく自覚して、己の愚かさを知らなければならない。愚かさを認識する必要を考えれば、『夏の夜の夢』で妖精パックが恋人たちの大騒ぎを楽

しんで次のように言うとき、パックは単に人間を馬鹿にしているのではないとわかろう。

パック　申しあげます、王様に。
ヘレナが来ますよ、今まさに。
おいらがまちがえた男も一緒。
ヘレナを口説いて汗びっしょ。
さ、馬鹿げた芝居を見てみましょ。
ほんと、人間って何て馬鹿なんでしょ！

（第三幕第二場）

恋をしている人間ほど「おめでたい」やつはいないのであり、パックはそんな人間の「めでたさ」を寿《ことほ》いでいるのである。恋は、人間が犯す最高に素敵な愚行なのだ。馬鹿なことをしない人ほどつまらない人はいない。だからこそ、『お気に召すまま』の青年オーランドーは乙女ロザリンドに恋をして、森じゅうの木にロザリンドを称える詩をはりつけるような馬鹿な真似をして、幸せになれるのだ。皮肉屋ジェイクィズから、そんな馬鹿なことをして森を傷つけないようにと注意されると、オーランドーは次のように答える。

ジェイクィズ　君の最悪の欠点は、恋をしていることだ。
オーランドー　その欠点は、あなたの最高の美徳とだって交換したくありませんね。

（第三幕第二場）

人間らしさとは何かと言えば、それは「おめでたく」なれることだ。「めでたい」という語は、もともと「褒め称える」という意味の「愛《め》でる」と「甚《いた》し」が合わさって「褒め称える程度が甚だしい」が原意であり、褒めちぎるべきすばらしいものを指した。現在「おめでたいやつだ」と言えば、「能天気で馬鹿なやつだ」という意味になるが、そういったいろいろな意味を含めて「おめでたく」なれる人こそ幸せになれるのである。逆に、「正しさ」を絶対視して、自分の愚かさやまちがいが認められない人は幸せになれない。『十二夜』の道化フェステは言う、「愚かさというものは、太陽のように軌道をめぐり、どこでも輝くもんでしてね」（第三幕第一場）。人がいるところ、愚かさが必ずついてまわるというわけである。

人間の愚かさ、小ささは、満天の夜空を見上げると、もっともよく実感できるだろう。『ヴェニスの商人』のロレンゾーは恋人に語る。

座りなよ、ジェシカ。ほら、ご覧、空がまるで
光輝く黄金の小皿でぎっしり覆われた床のようだ。
君の目に映るどんな小さな天体も、
動きながら、天使のように歌っている、
幼い目をした天使ケルビムたちと声を合わせて。
そうした調べは、神や天使たちには聞こえるが、
この腐敗する泥の体をまとう我々には
聞こえないのだ。

（第五幕第一場）

人間の肉体は土に還る。だから肉体は腐敗する泥のようなものだ。そのはかなさをしっかりと認識するとき、逆に、生きていることのすばらしさが実感できる。シェイクスピアの喜劇は、そんな暗さに支えられた光の劇なのである。

第6章

悲劇——歩く影法師の世界

エリザベス朝の剣試合（当時の版画）
『シェイクスピアのイングランド』（1916年）より転載

悲劇の本質――ヒューブリス

前章の冒頭で触れたように、シェイクスピアの悲劇の世界は、「To be, or not to be（あれかこれか）と規定できる。強靭《きょうじん》な精神が、あれかこれかの選択をし、自らの判断にそぐわないものを否定するところから悲劇が生まれる。ギリシャ悲劇の本質はヒューブリス（神々に対する思いあがり、傲慢）にあるとされる。ヒューブリスを「神に成り代わって運命を定めようという傲慢さ」と定義し直すなら、シェイクスピア悲劇の本質もヒューブリスにあると言えよう。以下、悲劇の主人公がヒューブリスに支配されていることを確認すべく、四大悲劇を執筆順に概観してみよう。

『ハムレット』

デンマーク王子ハムレットは、亡き父の亡霊から復讐を命じられ、現国王の叔父クローディアスを父殺しの犯人と思い定める。だが、新約聖書「ロマ人への書」第12章第19節に「自ら復讐すな、ただ神の怒《いかり》に任せまつれ。録《しる》して『主いひ給ふ、復讐するは我にあり、我これを報いん』とあり」とあるように、キリスト教には「人間は復讐してはならない、復讐するのは神の仕事である」という教えがある。つまり、ハムレットが復讐者となるのは、「神に成り代わる」というヒューブリスを持つことになるのだ。

キリスト教の枠組みを蔑《ないがし》ろにして考えると、ハムレットが何に悩んでいるのかわからなくなって作品を誤解してしまう。「さっさとやってしまえばいいのに、ぐずぐずしているのは優柔不断な性格ゆえだ」という誤解の声がこれまで喧《かまびす》しく聞かれた。しかし、この悲劇を単純な仇討ち物語のレベルで考えてはなるまい。ハムレットはあくまでキリスト教徒として、人間として何をすべきかを考えるのであり、そうした思索の延長上に「人間とは何だ？」といった哲学的思考が出てくるのである。こうして、人間の身でありながら復讐をもくろむ矛盾に悩み続けたハムレットは、最終幕にいたって己の人間としての限界を深く認識する悟りをひらく。自分の父親の宮廷にいた道化師ヨリックの頭蓋骨を手にとって——

　哀れ、ヨリック。（第五幕第一場）

——と感慨に耽るのだ。しゃれこうべを手に瞑想《めいそう》に耽るという図は、当時の「死を思え《メメント・モリ》」という概念を反映したものであり、人間は死すべき儚《はかな》い存在だと認識せよという人文主義の発想に支えられた考え方でもあった。ヨリックが宮廷道化師だったという設定も意味深い。死んでまでこの道化師は、人間の儚さを教えてくれるのである。

　この作品がキリスト教の枠組みのなかにあることは、ハムレットの第一独白が旧約聖書に記された十戒の一つ「汝殺すなかれ」への言及ではじまることからも確認されよう。

ああ、この固い、あまりに固い肉体が、
溶けて崩れ、露と流れてくれぬものか。
せめて永遠の神の掟が、自殺を禁じたもうことがなければ。
（第一幕第二場）

「創世記」三章一九節や「伝道の書」三章二〇節にあるように、人は塵から生まれ、塵に還る。塵とは土だ。固体であるから固い。この固い土の肉体のなかに、魂という形をもたないものがあるというのが当時の人間観だった。ハムレットは、肉体を持たない神のような霊的存在に憧れる。肉体を持つがゆえに人は罪から逃れられないからだ。
父の喪も明けぬというのに、母が叔父と結婚し、叔父が国王となったことを嘆くハムレットは、母を責めて、

弱き者よ、汝の名は女。
（第一幕第二場）

と言う。それというのも、女の肉体が罪を生むという発想があるからだ。そしてまた、

生きるべきか、死ぬべきか、それが問題だ。（第三幕第一場）

というハムレットのせりふも、自殺すべきか否かという迷いを示すものではない。キリスト教で自殺は禁じられているのだから。ここで問題とされているのは、肉体を抱えたまま生きるつらさにじっと耐えるのが立派なのか、それとももはや耐えられないと武器を取って立ち上がり、正義のために命をかけて戦いに踏み出すほうが気高いのかという問いである。耐えて生きるべきか、それともすべてを終わりにしてしまうべきかと悩んでいるのだ。

そもそもあの亡霊は本当に父の亡霊だったのか、悪魔ではなかったのかと疑うハムレットは、芝居を打って王の本心を確かめるなどしながら、神に代わって天罰を下す道を模索する。しかし、王を殺すチャンスを手にしながらも、ハムレットには殺すことができない。やがて最終幕にいたって、自分の死を見据えたハムレットは、もはや思い悩まず、かぎりある人生を精一杯生きるしかないという覚悟を固める。

雀一羽落ちるのにも神の摂理がある。無常の風は、いずれ吹く。〔中略〕覚悟がすべてだ。生き残した人生など誰にもわからぬのだから、早めに消えたところでどうということはな

い。なるようになればよい。（第五幕第二場）

運命を司るのは神であり、自分は神が定める運命のなかでできるかぎりのことをするまでだという悟りに達したハムレットは、最終幕で自らをヒューブリスから解放することにより、ついに行動へと移れる。この劇は主人公が神に成り代わって敵《かたき》に制裁を加えようとする復讐劇としてはじまりながらも、人間が神に成り代わることはできないという認識にいたる点で復讐劇ではなくなる。そのことは最後にクローディアスを殺すときにハムレットが「父の敵《かたき》！」という復讐劇の決めぜりふを口にしないことからも確認できよう。

『オセロー』

イタリアのヴェニスという白人社会の軍部で、トップにのしあがった肌の黒いムーア人将軍オセロー。彼は、白人の美女デズデモーナと結婚して絶大な自信を誇っていたが、密かに不満を抱えた部下イアーゴーの巧みな虚言に翻弄されて、妻が不貞を働いたと信じ込んでしまう。そして、自らの手で妻を殺してしまうのだ。重要な意味をもつのは、デズデモーナを殺しに寝室に入ってくる第五幕第二場冒頭のオセローのせりふである。解釈のために、英語交じりで引用する。

それが cause だ。それが cause なのだ、わが魂よ。
その名をおまえに告げさせないでくれ、貞淑な星々よ。
それが cause なのだ。だが、血を流しはすまい。
雪よりも白く、最上の大理石のようになめらかな
あの肌に傷をつけはすまい。
だが、死なねばならぬ。でないとさらに男を騙す。
（第五幕第二場）

この cause という語は、通常だと「理由」や「裁判の訴訟理由」などを意味する。そうせねばならぬ理由がそこにあるということだ。第二アーデン版編者M・R・リドリーは、この語の意味がはっきりしないことを認めつつ、引用の最後の行の「〔デズデモーナは〕死なねばならぬ。でないとさらに男を騙す」や、この少しあとの「〔デズデモーナの〕香りをかげば、正義の女神でさえ剣を折るだろう」というせりふからも明らかなように、オセローはこれから行おうとしていることを復讐ではなく、なさなければならない正義と見なしていると説明している。つまり、オセローもまた、神に代わって正義を行おうとしているわけであり、それゆえに『オセロー』は四大悲劇のなかに数えられるのである。

もし、これが、裏切られたと思ってカッとなって妻を殺してしまった事件にすぎないなら、四大悲劇どころか新聞の三面記事で終わってしまう。また、オセローが証拠を十分に確認せず、イアーゴーの嘘《うそ》を信じてしまった愚か者だという見方も、作品を不当に貶《おとし》める。イアーゴーのはりめぐらした罠は周到なものであって、そこに一種の芸術性を見るべきだろう。ハンカチをなくしたことをごまかそうとしたデズデモーナの対応のまずさや、キャシオーの後ろめたさなどを、イアーゴーは絶妙な演出で利用するのである。

本作を理解するためには、まずオセローとイアーゴーが軍隊の上官と部下であり、戦地では互いに命を預け合う絶対的な信頼関係にあることに留意する必要がある。オセローは将軍として部下の命を預かる責任ある立場にある。とくにイアーゴーは正直者として知られる部下だ。その部下が自分のために働いてくれると思いこそすれど、まさか自分を騙しているのではないかと疑うような将軍は、そもそも将軍の器ではない。もちろん、だからと言ってイアーゴーの言うことをすぐに鵜呑《うの》みにできるわけはない。それゆえオセローは、イアーゴーの首を締めあげて、「証拠を見せてみろ」と迫るのである。

『オセロー』は、言うまでもなく嫉妬の悲劇である。イアーゴーは言葉巧みにオセローを嫉妬という地獄へ突き落す。次のイアーゴーのせりふは意味深長だ。

ああ、嫉妬にお気をつけくださいぃ、閣下、
嫉妬というのは緑の眼をした怪物で、
餌食にした相手をあざけるのです。

（第三幕第三場）

ここには二重の意味が籠められている。オセローに対して「嫉妬を起こさないように」と忠告しているのはまちがいないが、「緑の目をした怪物」とはイアーゴー自身のことなのだ。イアーゴーから見れば、白人社会のヴェニスで、オセローはムーア人のくせに自分よりはるかに上の地位についている。しかもヴェニス中の男の憧れの的であった絶世の美女デズデモーナをものにした妬ましい男である。イアーゴーだってそれなりの地位についてしかるべき働きをしてきたはずなのに、副官ではなく下っ端のままだ。なぜムーア人のオセローが自分よりずっと男ぶりがいいのか。イアーゴーは嫉妬の怪物となって、オセローを餌食《えじき》にし、あざけるのだ。つまり、イアーゴーは嫉妬の権化である私に気をつけなさいと言いながら、オセローをあざけっているという、意味深長なせりふになっているのである。

この劇は、オセローが、その絶対的自信の壁に小さな穴があけられたとたんに、巨大ダムが小さな穴で勢いよく決壊するように、凄まじい崩壊を見せる悲劇である。では、イアーゴーは、完璧なはずのオセローの自信という壁のどこを衝《つ》いて穴をあけるのか。

オセローの自信の唯一の弱点は、ムーア人でありながら白人社会のトップにいるという自信の礎《いしずえ》そのものにあった。乗り越えがたい人種の違いをあえて乗り越えてみせた——その文化的差異こそイアーゴーが衝いた点だった。「国の人間の気質は私にはよくわかっています」とイアーゴーは言う(第三幕第三場)。オセローは「国の人間」ではないので、イアーゴーのこの発言を否定できない。デズデモーナという個人のことならばオセローは誰よりもよく知っていると胸を張れるかもしれないが、「ヴェニス女は亭主にはわからないように火遊びをする」と言われては、ヴェニス人ではないオセローには反論のしようがない。「そうなのか?」と答えてしまう。オセローの巨大な自信の壁に小さな穴が穿《うが》たれるのはこのときだ。そのあとは、イアーゴーが絶妙な芝居を打って穴を大きくしていく。そこはイアーゴーを演じる役者の演技力によって支えられるべきところでもある。オセローやデズデモーナを演じる役者との呼吸が、ぴたりと合ったとき初めてこの劇の凄さがわかるようになる。

『リア王』

引退を決意したブリテンの老いた王リアが、三人の娘に王国を分割して譲り渡そうとするが、最愛の末娘コーディーリアが父に媚《こ》びへつらうことを拒んだため、末娘を勘当してしまう。ところが、リアにおべっかを使った長女と次女には、父を敬う気持ちはなかった。その後、裏切られたリアは嵐のなか道化だけを連れてさまよい、「風よ吹け、天よ裂けろ！」と怒号する。ここにはリアが天と同化しようとしているというヒューブリスを見るべきであろう。

そのリアの尊大な態度は、終始一貫している。王座を譲ってからもリアは王としての尊厳を維持しようとし、嵐の場では自然に対して命令する神のごとき怒りを発露する。

シェイクスピア悲劇でとくに重要なのが、人間としての身の丈の大きさだ。民主主義の時代が進み、敬意や服従が空虚な言葉となり、リアを王という職から引退する老人としてしか見なくなってくると、この劇がなぜ四大悲劇の一つなのかわからなくなってくる。

この劇が上演された一六〇六年にイングランドの国王であったジェイムズ一世は王権神授説を唱えて絶対王政を正当化しようとした事情に鑑《かんが》みて、古代ブリテンを描くこの劇では、リアの国王としての権力が絶大であった意味を考えなければならない。

「神に従うように自分に従うのが当然である」というヒューブリスをリア王はもっていた。父をどれほど愛しているか言えと命じられたコーディーリアが「何もありません」と答えたのに対し——

何もないところから何も生まれはせぬ。言い直せ。　（第一幕第一場）

と命じるのは、リアとしては天の声のつもりでいたのだろう。リアが怒りのあまりコーディーリアを勘当した際に止めに入ったケント伯爵に対して、リアは「五日以内に国外退去、一〇日しても領内にいれば即刻死刑」と命じる。観客はこの言葉の重みを真剣に受け取らなければならない。リアは恐れられるべき存在なのだ。絶対的権力をもっているのみならず、相応の敬意が示されてしかるべき存在なのであり、それはリアが勝手にそう思い込んでいるのではなく、封建時代の価値観に基づいているのだ。

昔なら考えられないような無礼や不敬が散見される現代では「敬う」という古い価値観は理解しがたいかもしれないが、追放されたケント伯爵が変装してリアの従僕となるのみならず、リアが絶命すると主君に殉じようとする忠義の精神——ほとんど江戸時代に理想とされた武士の忠義と同じ——がこの劇を貫いていることを見逃してはなるまい。

第二幕第二場で、リアの使者としてやってきたケントに対して礼を尽くすどころか足枷《あしかせ》をかけてしまうという無礼の意味も、王の使者をそのように扱おうものなら斬り捨てられても当然だという古い価値観を前提に理解しなければならない。

リアは確かに短気で、癇癪《かんしゃく》を爆発させると手がつけられない。しかし、それを非難する前に、封建君主制度の価値観を確認すべきなのだ。第一幕第一場の最後で長女ゴネリルと次女リーガンがリアのことを「ボケてきて、癇癪を起こしやすくなった」、「手に負えない我《わが》儘《まま》」などと話している傲岸さに愕然とできないと、このあとのリアのショックを理解することはむずかしくなる。

リアは元国王としての尊厳を実の娘たちに否定され、正気を失わんばかりのショックを受けて、こう問う。

リア　わしが誰か言えるのは誰だ。

道化　リアの影法師だい。

（第一幕第四場）

「リアの影法師」とはリアに影のようにつき従う道化のことだ。その道化がリアに教えてやるのである、あんたは「リアの影法師」（実体のない影の存在）になっちまった、と。道化がリアに「阿呆の鏡」をつきつけていると考えればよいだろう。道化はリアにリアの愚かさを指摘し続けるが、それまで絶対的な強者として振る舞ってきた者が自分を支えてきた価値観の一切を捨てて、一人の死すべき人間としての弱さや愚かさを受け入れるのは容易ではない。それゆえにこそ、リアは正気を失いはじめるのだ。

リア　ああ、わしの気を狂わせんでくれ！　どうか天よ、狂わせるな。
正気を保たせてくれ。気ちがいにはなりたくない！
（第一幕第五場）

結局、リアは嵐の場で正気を失うほどの苦しみを味わった末、人間のちっぽけさを自覚し、ヒューブリスを捨て、コーディーリアに助けられる。嵐のなかで意識を失っていたリアはいつの間にかベッドに寝かされ、コーディーリアに見守られている。この場面はとくに重要だ。

コーディーリア　ああ！　どうか私をご覧ください。
そしてお手を伸ばして、私に祝福をお与えください。
いいえ、いけません、跪《ひざまず》いたりなさっては。
リア　からかわんでくれ。
わしはとても愚かな、老いぼれだ。
（第四幕第七場）

劇の冒頭にあった秩序がひっくり返る。王が臣下に跪き、親が子に跪く。これが古い時代においていかにありえないことだったかは、子が親に平伏しなくなった現代ではわかりづらいかもしれない。だが、ここでも封建時代の秩序とは何かを理解する必要がある。

『リア王』は、リアやケントらが担う封建時代の古い価値観と、ゴネリルやエドマンドらが担う個人主義的な新しい価値観の対立を描いている。古い封建社会から新しい市民社会へという流れは、シェイクスピアの同時代人がひしひしと感じていたものだろう。『リア王』のフォーリオ版で描かれるのは、「古き良き時代」が消えて、合理的な近代がやってくることの切なさでもある。とくにケント伯爵は命を捨てても王に忠誠を誓おうとする。しかし、「忠誠」という美徳など、新しい社会では意味をなさない。誰かのために尽くす発想はなくなり、雇用関係は単に金銭的な契約に貶められてしまう。品格や美徳といった概念自体が近代社会ではますます弱まった結果、理知的で冷たい社会が生まれる。

たとえば近代社会に道化は存在しない。道化は、君主を頂点としたヒエラルキーを前提としたうえで、それを下から突き崩そうとする機能を持つ存在だからだ。シェイクスピアが作品のなかで道化を大いに活躍させて、市民よりもむしろ貴族を主人公に据えたのは、彼の心情がカトリック的な旧世界のほうに振れていたからかもしれない。

シェイクスピアは、このような秩序の逆転を悲劇『コリオレイナス』のクライマックスでも用いている。絶対的な強者として振る舞っていた傲慢なコリオレイナスが、母に跪かれたとき、その傲慢さを捨てるのである。『コリオレイナス』はマザコンの芝居だと誤解されることが多いが、親の権威は絶対とする封建貴族の価値観を前提として書かれていることを理解する必要がある。

実の娘に裏切られるリアの主筋と呼応して、実の息子に裏切られる家臣グロスターの副筋があり、とくにグロスターが目をえぐり取られる場面は壮絶だ。狂乱の嵐のなかでグロスターの嫡男エドガーが「最悪だなどと言えるうちは、まだ最悪ではない」と言うように、劇は悲惨のうえに悲惨を描く。『リア王』は、人間の弱さを極限まで暴きだす悲劇なのである。


『マクベス』

スコットランドの武将マクベスが魔女の予言を受け、ダンカン王を殺して自ら王位に就く。人の生き死には神の司るところであるのに、自らの手を血に染めようとした時点でマクベスはヒューブリスを抱いたと言える。

善良な王を殺してはならないとためらうマクベスに、「それでも男ですか！」と叱咤するマクベス夫人の激しさがクローズアップされることが多く、ヴェルディのオペラ『マクベス』（一八四七）では、マクベス夫人は迫力ある恐ろしい悪女として描かれる。だが、シェイクスピアの原作には、夫を王にしたい一心で励ます夫婦愛があることを見逃してはなるまい。

『ハムレット』では、なかなか行動に踏みきれないことが問題となったが、『マクベス』では逆に、早くやってしまうことの問題が描かれる。

マクベス　やってしまって、それで終わりになるなら、さっさとやってしまったほうがいい。（第一幕第七場）

そう言ってさっさと王殺しをしてしまったマクベスは、やってしまったとたんに後悔する。殺人直後に門を叩く音がすると、こう叫ぶ。

ダンカンを起こしてくれ、その音で。起こせるものなら！（第二幕第二場）

そしてマクベス夫人は、やってしまったことの罪悪感についに耐えきれなくなり、夢遊病にかかってうわごとを言う。

マクベス夫人　やってしまったことは、もとには戻りません。（第五幕第一場）

『マクベス』の前半では、やってはならないことをやってしまって「マクベスは眠りを殺した」という声をどこからともなく聞くマクベスの良心の呵責《かしゃく》が問題にされるものの、マクベスはとにもかくにも王座に就く。第三幕ではバンクォーを殺し、その亡霊に怯えるが、それも一段落する。そして、第四幕からの後半では、「女から生まれた者にマクベスは倒せぬ」、「バーナムの森がダンシネーンの丘に向かってくるまでは、マクベスは決して滅びぬ」という新たな魔女の予言を得て調子づくマクベスが、起こるはずのない予言の成就によって倒されるという劇的な展開になる。

劇の後半の新たな主人公は貴族マクダフだ。暴君マクベスに妻子を惨殺されたマクダフは復讐を誓い、最後に「自分は、生まれる前に、母の腹から月足らずで引きずり出された」のだと明かす。その瞬間、マクベスは「気力がすっかり萎えてしまった」と言う。それまで彼を守っていたまじないの力は消え、マクベスはただの人になる。

ヒューブリスを抱き、すべてを支配できると絶対的な自信をもっていたマクベスが、ただの人にもどってしまったとき、この劇は終わる。

その他の悲劇

四大悲劇以外の悲劇はどうだろうか。

一作だけ毛色がちがうのが『ロミオとジュリエット』だ。この悲劇がなぜ四大悲劇に加えられないのかと言えば、主人公たちにヒューブリスがないからである。ロミオにしてもジュリエットにしても、運命や偶然によって振り回されるのみだ。確かにロミオは親友を殺された仕返しにティボルトを殺してしまうが、これは親友を殺された悔しさのために衝動的な殺人に走ったにすぎない。「神に代わって」といったヒューブリスはどこにもない。殺してしまったあと、友だちのベンヴォーリオに「逃げろ！」と急かされて、ロミオは叫ぶ——

ああ、俺は運命に弄ばれる愚か者だ。　（第三幕第一場）

自分で自分を愚か者と呼んでしまうのであるから、ロミオには道化的知恵があるとさえ言える。この直後にロミオは追放を命じられ、それを知ってジュリエットも嘆くのだが、そうは言っても二人はその夜契りを結ぶ。ジュリエットは父親からパリス伯爵との結婚を命じられて困惑するが、ロレンス神父が助けの手をさしのべてくれる。神父から四二時間だけ仮死状態になる薬をもらい、これを飲んで死んだことにして、ロミオとともに他国へ逃げようという計画だ。その情報をロミオへ伝えようとして失敗するという事件さえなければ、計画どおりに二人は結ばれることができたはずだ。つまり、この劇が悲劇で終わらずにすむきっかけはいくらでもあるのだ。

劇は「悲劇にならずにすむかもしれない」というサスペンスを最後まで持続する。ロレンス神父の与えた解決策がうまくいきさえすれば、ロミオの召し使いがそんなに早く知らせを伝えなければ、ロレンス神父がもっと急いでジュリエットの眠る霊廟《れいびょう》にかけつけていれば、あるいはせめてジュリエットの覚醒がもう少し早ければ、二人は死なずに抱擁しあうことができたのだ。

つまり、この劇は最後の最後まで悲劇に転ぶか喜劇に転ぶかわからないきわどいところを進むからこそ、観客の緊張を持続させる力をもっている。とくに劇の前半では乳母やマキューシオが卑猥な冗談を言うなどして観客を楽しませる面が強く、ある意味で喜劇と悲劇の両面をうまく使い分けた作劇術を用いていると言えよう。

これ以外の悲劇六作はいずれも古代ローマを舞台としたローマ劇だ。シェイクスピアがもっとも初期に書いた血腥い悲劇『タイタス・アンドロニカス』は、怒りにまかせて息子を斬り捨てるような蛮勇の武将タイタスを主人公としている。古代ローマの強烈な男性性の発露を背景にして、世界を制覇しようとする強靭な精神を描いているという点では、他のローマ劇と共通する。

伝説のトロイ戦争を描いた『トロイラスとクレシダ』では、古き戦における名誉や掟がすべて覆され、価値観の顚倒《てんとう》が描かれる。それ以外の『ジュリアス・シーザー』、『アントニーとクレオパトラ』、『コリオレイナス』、『アテネのタイモン』の四本はいずれもプルタルコスの著した歴史書『英雄列伝（対比列伝）』（一五七九年英訳）を題材にしており、ローマ史劇というジャンルで括られることもある。とりわけコリオレイナスはヒューブリスの権化のような男だと言ってよい。

ルネサンス的世界観

ロミオとジュリエットはstar-crossed lovers（不幸な星のもとに生まれた恋人たち）という言い方がなされる。ここには人の運命が、星によって定まるという世界観がある。

シェイクスピア作品には、星への言及が意外と多い。『から騒ぎ』では、不満の士ドン・ジョンは土星の星のもとに生まれたと言われ、『冬物語』では、盗人オートリカスは水星《マーキュリー》のもとに生まれたと言われ、『十二夜』では、次のような会話がある。

サー・トービー　やろうじゃないか。俺たちは牡牛座の生まれだろうが？
サー・アンドルー　牡牛座の生まれって、脇腹と心臓が強いんだよね。
サー・トービー　いや、脚と太腿だ。
（第一幕第三場）

占星術が大きな発展を遂げたルネサンスの時代、占星術と天文学はわかれていなかった。天文学の父とも称されるガリレオ・ガリレイはシェイクスピアと同じ一五六四年生まれであり、ケプラーの法則で知られるヨハネス・ケプラーはシェイクスピアの七歳年下の占星術者だった。ケプラーが新プラトン主義の賛美者であったことはよく知られている。

ルネサンスの新プラトン主義（ネオプラトニズム）は、プラトンのイデア論（後述）を継承して人文主義と混淆《こんこう》し、ルネサンスの芸術文化を支えた。それは、キリスト教文化とギリシャ文化を融合させ、絶対的善、美、愛といった神聖なるものに人々は結びつくことができるという世界観のもとに、人々の志向を天上界へ向けさせた。

新プラトン主義の重要な考え方の一つに、人間というミクロコスモス（小宇宙）は、世界というマクロコスモス（大宇宙）と照応するという考えがある。星の動きが人間の運勢と関係するとした占星術の発想はここからくる。

リア王の怒りが嵐として表象されたり、『マクベス』で善良なダンカン王が殺害されると天変地異が起こったりする背景にあるのは、この世界観だ。天子（皇帝）の悪しき所業は自然の乱れとなって表れるという儒家の天人相関説にも似るが、雨が降れば「天が泣いている」という発想は洋の東西を問わず古くからあるものだ。

ミクロコスモスとマクロコスモスの照応については、古代ギリシャの「宇宙霊魂（アニマ・ムンディ）」の思想にまで遡《さかのぼ》れる。宇宙に統一原理としての霊魂（アニマ）があると想定するこの考え方によれば、天体の運行の調和は人間の魂の調和と同期する。こうした考え方はヘルメス思想（錬金術・占星術・魔術などの神秘思想を支えた古代哲学）を経て、新プラトン主義へと広がっていった。

しかし、その一方で、そうした運勢を信じない新しい考え方をする人物たちもシェイクスピアは描いている。『リア王』第一幕第二場で、息子に命を狙われたと考えたグロスターが、「近頃の日蝕月蝕は不吉な前兆であった」として、「町で叛乱が起こり、田舎で騒動が起き、宮廷で謀叛が起きるのも、子と父の絆が壊れるのも」天体の動きに示されていると言う。それを聞いた悪党エドマンドは、独りになると、父をあざける。

運が傾くと、大抵は自業自得なのに、太陽や月や星のせいにしやがる。

エドマンドとよく似た悪党のイアーゴー（『オセロー』）は、次のように言う。

美徳だと？　糞くらえだ。俺たちがこうであったり、そうであったりするのは、自分の責任だ。自分の体はいわば庭だ。その庭を作る庭師は、俺たちの自由意志だ。

自分の力で世界を切り拓こうとする世界観は、ルネサンスという時代が生んだ新プラトン主義が支えていた。すなわち、エラスムスとほぼ同時期のイタリアの人文学者ピコ・デラ・ミランドラが主著『人間の尊厳について』（一四八六年）で述べたように、人間には自由意志があって、自分の存在のあり方を決定できるとした考え方がそれである。これこそが、ルネサンスという、新しい希望に満ちた時代の人間の生き方を支える世界観だった。さらにそこから一歩歩み出せば、『君主論』（一五三二年）を著したフィレンツェ共和国外交官ニッコロ・マキャヴェッリの現実主義的な思想にいたる。『君主論』の英訳は一六四〇年まで出ないものの、一五六〇年にはラテン語、一五五〇年、五三年、七一年にはフランス語翻訳が出て、劇作家クリストファー・マーロウに大きな影響を与えていた。

シェイクスピアは、例によってリチャード・フィールドからこの本について教えてもらったかもしれない。ユグノーの弁護士イノサン・ジャンティエが『反マキャヴェッリ論』（一五七六年）をフランス語で出し、一五八四年にはそのイタリア語版がロンドンの出版者ジョン・ウルフによって出版されていた。ウルフはリチャードの仕事仲間だった。イアーゴー、エドマンド、リチャード三世、アーロン（『タイタス・アンドロニカス』）といった人物にマキャヴェッリ主義者の側面があるのは偶然ではないだろう。

世界劇場

人間という小さな世界とそれをとりまく大きな世界が呼応すると見なす新プラトン主義の考え方は、エリザベス朝演劇全般に「世界劇場《テアトルム・ムンディ》」と呼ばれる概念を浸透させた。

世界はすべて一つの舞台。
男も女も、みな役者にすぎぬ。
（『お気に召すまま』第二幕第七場）

私は世界を、ただ世界として見ているだけさ、グラシアーノ、つまりは舞台、その上で人は誰しも、それぞれ役を演じなくてはならぬ。私の役どころは、愁い顔さ。
（『ヴェニスの商人』第一幕第一場）

人生は芝居、人は役者というこの発想には、演じる「私」を客観視する視点が必要だ。人は必死になって生きていると、目の前のことしか見えなくなりがちだ。しかし、世界劇場の発想ができれば、私という役者を見つめる誰かの視線を想定しなければならなくなる。

『夏の夜の夢』を例にして考えてみよう。妖精パックは、アテネの森のなかで恋人たちが繰り広げる恋の騒動を見て言う。

さ、馬鹿げた芝居を見てみましょ。
ほんと、人間って何て馬鹿なんでしょ！
（第三幕第二場）

妖精たちは、恋人たちの演じる「馬鹿げた芝居」を観る。そのようすを私たち観客が見守る。一方、終幕で恋人たちは、劇中劇『ピュラモスとティスベ』を観るが、それはまさに恋人たち自身が繰り広げてきた「馬鹿げた芝居」を映し出すような滑稽な芝居となっている。この芝居を観て恋人たちは観客として笑うが、その姿は『夏の夜の夢』を観て笑う私たち観客を映し出す。つまり、こういうことだ。『夏の夜の夢』という芝居のなかで、恋人たちは芝居を観て笑う観客であると同時に、妖精たちが観客として見守る人生芝居の役者でもある。その恋人たちが私たち観客を映し出しているなら、『夏の夜の夢』を観て笑っている私たち観客は、私たち自身の人生芝居の役者でもあって、妖精や天使に見守られているはずなのだ。

このように、劇のなかに劇中劇が組み込まれたり、演じる意識が強く示されたりすることで、劇そのものの構造が登場人物の演技の意識に取り込まれる劇をメタシアターと呼ぶ。文字どおりには「演劇についての演劇」を意味する。たとえば、『ハムレット』最終場で、バタバタと人が死んで驚いて見守る宮廷人たちに向かって、死にかけたハムレットが、

君たち、青白い顔をして、この出来事に震えているのは、
まるでこの芝居のだんまり役か観客だな。（第五幕第二場）

と言い、ハムレットが自分の人生を芝居に譬《たと》えた時点で、リチャード・バーベッジがハムレットを演じているという次元から、ハムレットが人生劇場で役を演じているという次元へ観客の意識がシフトする。つまり、バーベッジがハムレットを演じていることが忘れられ、ハムレットという人物が実在するかのように感じられて、『ハムレット』という芝居の虚構性が霧消するのだ（ただし、下手な役者が言えば自らの演技の虚構性を強調するだけになってしまう）。このように劇中に抱え込んだ演劇性が、劇そのものの構造をとっぱらうような劇をメタシアターというわけである。

『アントニーとクレオパトラ』第五幕第二場で、クレオパトラが「どこかのクレオパトラ役

者が私の偉大さを嘲って演じるだろう」と言ったり、『十二夜』第三幕第四場でフェイビアンが「こんなのが舞台で上演されたら、ありえない話だと野次が飛びますね」と言ったりするのも同じ趣向だ。多くの場合は、劇中劇構造によってメタシアターが成立する。『じゃじゃ馬馴らし』がクリストファー・スライという男に見せる芝居という枠組みを持つのも、メタシアター的構造と言ってよい。

メタシアターの前提となるのが世界劇場の概念だ。シェイクスピアの時代のグローブ座の入り口の上に、古代ローマの詩人ペトロニウスの言葉「世界はすべて役者として演技をする」（*Totus mundus agit histrionem*）が掲げられていたという伝説もある。エラスムスの『痴愚神礼讃』にも、「人生など、舞台監督が退場を命じるまでさまざまな衣裳をまとって役を演じる芝居のようなものだ」とある。

エリザベス女王の寵臣サー・ウォルター・ローリーは、新大陸に最初のイングランド植民地を築いた英雄であり、煙草を初めてイギリスに持ち込んだことで知られる探険家でもあった。彼は、「人の生涯について」という次のような詩を書いている。

人生とは何か。情熱の芝居だ。
われらが喜びはディヴィジョン〔音符を細分化して修飾した楽曲〕の音楽、

母の子宮は、いわば楽屋。
この短い喜劇に衣裳を纏って出演すれば、
鋭い目利きのお客は神だ。
失態を演じる者を、坐ってじっとご覧になる。
追及する太陽からわれらを隠してくれる墓は、
芝居がはねて引かれたカーテンのようだ。
こうして我らは最後の休息まで演じ続ける。
ただ、死は本物で、芝居ではない。

この詩にもあるように、世界劇場の概念はつきつめると、芝居が終わる瞬間、つまり死へと思いを馳せることになる。人生を諦観するような視点は悲劇にこそふさわしいのだろう。『お気に召すまま』でも憂鬱な塞ぎ虫のジェイクイズが「世界はすべて一つの舞台」と語るが、世界劇場の名ぜりふは悲劇に多い。二つの例を挙げて、本章の締めくくりとしよう。まずはリア王のせりふ。

人間、生まれるときに泣くのはな、

この大いなる阿呆の舞台に上がってしまったからなのだ。

（『リア王』第四幕第六場）

人生は芝居だという発想は、悲劇においては悲しみ、虚しさと結びつけられる。芝居など意味がないとすれば、それは人生に意味がないことになる。マクベスは妻を失ったとき、人生の儚さを芝居の儚さと重ねてこう語る。

明日、また明日、そしてまた明日と、
記録される人生最後の瞬間を目指して、
時はとぼとぼと毎日歩みを刻んで行く。
そして昨日という日々は、阿呆どもが死に至る塵の道を
照らし出したにすぎぬ。消えろ、消えろ、束の間の灯火《ともしび》！
人生は歩く影法師。哀れな役者だ、
出番のあいだは大見得切って騒ぎ立てるが、
そのあとは、ぱったり沙汰止み、音もない。
白痴の語る物語。何やら喚きたててはいるが、
何の意味もありはしない。

（『マクベス』第五幕第五場）

これはあくまで悲劇の発想である。シェイクスピア自身がどのような哲学を持っていたか、それは最終章で語ることにしよう。

第７章

シェイクスピアの哲学
——心の目で見る

ハンス・ホルバイン（子）画「大使たち」(1533)

心の目（マインズ・アイ）

『ハムレット』の主人公ハムレット王子は、先代ハムレット王の亡霊が出るという話を聞く前、父王が亡くなったことを嘆き悲しみ、親友ホレイシオと次のような会話を交わす。

ハムレット　父上――父上が目に見えるようだ。
ホレイシオ　どこにですか、殿下。
ハムレット　心の目にだよ、ホレイシオ。

（第一幕第二場）

前の晩に亡霊を見たばかりのホレイシオは、ハムレット王子にも亡霊が見えているのかと思って「どこにですか」とあわてる。しかし、ハムレットは、肉眼ではなく、心の目《マインズ・アイ》（心眼）に見えているのだと言う。

このせりふは、瞼を閉じれば亡き父の面影が見えるという意味にとれるかもしれない。だが、心の目で見るとは真実を捉えることであり、ハムレットは確かにこのあと父の真実を知るのだ。サン＝テグジュペリの『星の王子様』の王子が「心で見なくちゃ、ものごとはよく見えないってことさ。かんじんなことは、目には見えないんだよ」（内藤濯訳）と言うのはよく知られているが、シェイクスピアの演劇世界では、「心の目で真実を見る」という発想がきわめて重要となる。

「心の目」という表現は、『ハムレット』にもう一度出てくる。ホレイシオが言う「塵一つでも、心の目《マインズ・アイ》に入れば、痛む」（第一幕第一場、クォート版のみ）というせりふがそれだ。塵のような小さなものでも目に入ると痛くてたまらないように、気にかかってしかたがないものは、ほかの人から見てどんなに些細《ささい》に思えても、その人にとっては重大な意味をもつ。客観的に小さなものでも、主観的に大きな意味を持ちうると言い換えてもよいだろう。

この「心の目で見る」という表現は、そもそもいつ頃どこから生まれ、厳密にはどのような意味なのだろうか。新約聖書にも「どうか、わたしたちの主イエス・キリストの神、栄光の源である御父が、あなたがたに知恵と啓示との霊を与え、（中略）心の目を開いてくださるように」（新共同訳「エフェソの信徒への手紙」第一章第一八節）とあり、キケロー（『弁論家について』第三巻一六三ほか）やアリストテレス（『ニコマコス倫理学』第六巻第一二章一一四四A三〇）にも「魂の目」という表現が出てくる。もっとも古い例は、どうやらプラトンにまで遡ることができるようだ（プラトン『国家』第七巻五三三D、『ソピステス』二五四B）。

プラトンが「心の目」という発想をした理由は、その哲学を考えれば納得できる。プラトンは、真理はイデアにあると考えた。つまり、たとえば紙の上に描いた三角形は顕微鏡で見れば不正確で、完全な三角形はイデアとしてしか存在しない。あるいは机を作る人は机が現実界に生じる前に頭のなかに机のイデアをもっていて、そのイデアにしたがって机を作るのであり、机の本質はイデアにあるというわけだ。形而上学的なイデアは、心の目で捉えるよりほかない（イデアとはギリシャ語の「見る」という動詞 idein に由来する）。

シェイクスピアの認識論を正しく理解するためには、プラトン、アリストテレスに依拠したシェイクスピアの時代の伝統的哲学を確認する必要がある。まず、原点となるプラトン哲学から確認しよう。

物を知覚するとき、プラトンは、心に心像《ファンタズマ》が形成されると考えた。プラトンによれば、この像は水鏡に映った像のようなもので、実体を正確に反映するものではない。このように心像《ファンタズマ》によって物が象《かたち》となって表れてくる過程をファンタジア（phantasia）と呼び、そのラテン語訳の repraesentatio は、のちの時代に哲学や心理学の用語として「表象」（representation）という言葉に発展していった。

このプラトンの考えに基づき、エリザベス朝時代の人は何かを知覚した際、それを心のなかのイメージとして捉え、そのイメージのことをファンタズマ、ファンタズム、ないしファンタジーと呼んだ。いずれも「目に見えるようにする」という意味のギリシャ語「ファンタゾ」から生まれた言葉である。

ただし、知覚以前にイデアの存在を措定したプラトンとちがって、エリザベス朝の伝統哲学は、知覚や記憶に重点を置くアリストテレスの考えに多くを負っている。すなわち、知覚や記憶によって得た情報に基づいて、イマジネーションが心像《ファンタズマ》を形成すると考えたのである。ロバート・バートンの『憂鬱の解剖』(一六二一年)やティモシー・ブライトの『メランコリー論』（一五八六年）では、イマジネーションが歪むとファンタジー（心像）が歪むという考え方が示されるが、この場合のイマジネーションとは、今日言う《想像力》ではなく、心像を形成する知覚機能を意味する。

哲学者トマス・ライトが一五九八年に執筆した『心の激情』（一六〇一年出版）にも、《イマジネーション》が感覚や記憶から対象物に関する情報を受け取って心像《ファンタズマ》を形成するため、「我々が理解するものは、必ずイマジネーションの門をくぐる」とある（第二巻第一章）。

シェイクスピアより三歳年上の哲学者フランシス・ベーコンも、『学問の進歩』（一六〇五年）において、《イマジネーション》は感覚と理性をつなぐものであり、五感によって知覚されたもののイメージが《イマジネーション》によって理性に送られて判断が下されると述べている（『学問の進歩』第二巻一二）。

エリザベス朝において、ファンタズマは、はっきりとした現存性を持つものだった。たとえば、ある物体を見て「りんご」だと思った場合、知覚や記憶の情報によって「りんご」というファンタズマが形成されたことになる。実はそれが蠟でできた本物そっくりのりんごであろうとも、見る人がそれを「りんご」と認識するなら、認識の誤りが是正されるまでその人にとってそれは「りんご」以外の何物でもない。もしその人の生きているかぎり、その認識が是正されることがないか、あるいはそもそも誤謬《ごびゅう》があることを誰も認めなければ、それは「りんご」なのだ。つまり、この知覚のメカニズムでは「実際」とか「現実」は正確に認識できないものであり、《イマジネーション》が作り出したファンタズマこそ、現実になる。言ってみれば、現実など、見る人によっていかようにも変わりうるファンタズマの総体でしかあり得ない。

これは、シェイクスピアの世界を理解する際の前提となる。『終わりよければすべてよし』のヒロイン、ヘレナが、バートラムに惚れて「私にはもうバートラム様しか見えない」という意味で、「私のイマジネーションは、バートラム様のお姿しか伝えない」（第一幕第一場）と言う。この場合も、心像を形成する知覚機能《ファンタジア》を指して《イマジネーション》と呼んでいるのである。

トマス・ライトは、《イマジネーション》が激情《パッション》の影響を受けると、いわば緑色の眼鏡をかけて理性にすべてを緑に見せてしまうことがあると述べている（『心の激情』四九〜五一ページ）。たとえば、「緑の目をした嫉妬」におそわれた人は緑色の眼鏡をかけてすべてを緑と思ってしまう。

『オセロー』は、認識を形作る《イマジネーション》が激情で歪められたために起こった悲劇を描いていると言えよう。「緑の目をした嫉妬」という言い方は『ヴェニスの商人』第三幕第二場にも出てくる表現であるが、『オセロー』では「悪魔もどき」と呼ばれるイアーゴー（第五幕第二場）が、この激情を操作するところがポイントだ。というのも、当時の認識論によれば、知覚機能である《イマジネーション》の歪みを引き起こす原因は二つあり、一つは激情《パッション》であり、もう一つは悪魔だという。

オセローは自分の認識に誤りがあったことにあとになって気づくが、ハムレットの場合は、自分が見たものを本当に父の亡霊として認識してよいのか悩む。自分の知覚機能である《イマジネーション》が煤《すす》けているのではないかと疑うのだ。

もし奴の隠された罪が
台詞を聞いてちらりとも顔を出さなければ
俺たちが見た亡霊は悪魔だ。
そして、俺の想像《イマジネーション》力は鍛冶屋の神の仕事場さながら
煤けていることになる。
（第三幕第二場）

ここでも誤認の原因として悪魔への言及がある。シェイクスピアとほぼ同い年の詩人で、ヘレフォード生まれの詩人ジョン・デイヴィスは、その哲学詩『小宇宙——小世界の発見とその支配』（一六〇三年）で、激情によって人の知覚が乱れてしまうことについて次のように説く。

だが、私たちは激情《パッション》をおさえるどころか、
進んでそれに乗りこんでしまい、
憤怒に拍車をかけられて速足となって、
悪徳が待ち受けるあらゆる極端に走る。
悪魔が激情の最悪の導き手なのだ。
（第二五連）

ハムレットは「悪魔は相手の好む姿に化けて現れる」（第二幕第二場）と語るが、亡き父の姿に化けて現れた悪魔を父と見誤ったとすれば、悪魔によって導かれた激情のせいで《イマジネーション》という知覚機能が歪んだと考えられるのである。

客観的事実と主観的真実

自分の知覚機能がおかしいのか正常なのか、人はどうやって判断できるだろうか。判断するには自分の知覚に基づかねばならない。だが、自分の知覚だけを頼って自分の知覚の真偽を確かめるすべはない。ハムレットは言う。

俺は胡桃《くるみ》の殻に閉じ込められても、無限の宇宙の王だと思える男だ。（第二幕第二場）

これは一種のバーチャル・リアリティだ。ここで言う「胡桃の殻」とは所与の〝現実〟であり、カント哲学における物自体であるが、カントも認めるとおり物自体を正しく認識することはできない。「胡桃の殻」とは小さな閉塞空間の比喩であるが、自分の空間が狭いか広いかどうしたら判断できるのか。それは、本人が狭いと感じれば狭いし、広いと思えば広いということでしかないだろう。誰かが「あなたは狭い所にいる」と指摘しても、本人が自分は無限の宇宙を支配していると認識するなら、本人の認識を真とするよりほかない。この点で、ハムレットの（そしてシェイクスピアの）思考は、客観的判断を否定し、すべては主観的判断（超越論的主観性）に委ねられているとするフッサールの現象学を先取りしている。

客観によって捉えられるのは《事実》だが、主観によって捉えられるのは《真実》だ。

たとえば、壊れかかったぼろぼろの人形があるとしよう。客観的《事実》として、それは商品価値もない汚らしい物体であって、捨てるしかない。だが、それが夭折した愛児の形見であって、どんなことがあっても失くしたくない貴重な物だったとしたらどうだろう。ある人の主観においては――その人の心の目を通して見れば――それは大切なものになる。《真実》は《事実》とはちがうのだ。

客観的事実は誰とでも共有できるものだが、主観的真実はその人にとって意味を持つ。そして、人は生きていく際に、主観的真実を拠りどころにする。人は、物事に意味を見出すとき、必ずそこに主観的判断を加えている。何かに心を動かされたり、誰かを大切に思ったりするのは、客観的事実によるのではなく、自分の心のなかで真実だと思える何かを感じるからだ。

客観的に確認できない主観的真実の大切さは、人を愛することを考えれば、一番わかりやすいだろう。愛においてこそ、心の目の働きがなくてはならない。『夏の夜の夢』の冒頭で、ヒロインのひとり、ヘレナはこう言う。

惚れた目で見ると、たとえ卑しくて下劣であっても、
立派で堂々としたものに見えるのよ、とっても。
恋は目で見ず、心で見るんだわ。

だから、キューピッドは目隠しして描かれるんだわ。　（第一幕第一場）

このせりふからわかるように、心の目で捉えたものは、その人にとっての《真実》であって、客観的に見たらまちがっていることもありえる。「あばたもえくぼ」というように、「卑しくて下劣」である客観的事実が見えなくなり、「立派で堂々」とした主観的真実が見えるわけだ。だが、「何が正しいか、何がまちがっているか」とは、どうやって決められるのか。それはその人が決めるしかないのだ。自分の人生は自分で決めるしかない。自分にとっての「意味」や「価値」は自分にしか決められない。つまり、その人が「立派で堂々」と見るなら、他の人が下す「卑しくて下劣」という判断は、その人にとってはまちがっていることになる。

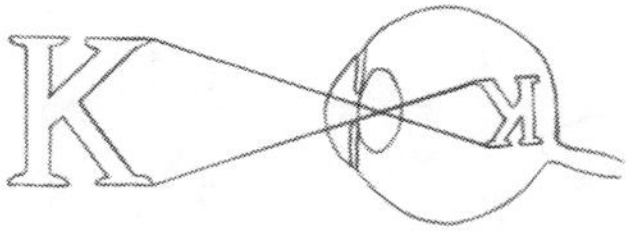
左右逆転で倒立する網膜像

　心の目が捉える主観的真実の意味合いを、「知覚像」すなわち脳で知覚する像として考えるとわかりやすいかもしれない。光学的な目で捉えた像は、単に網膜に映っただけの像という意味で「網膜像」と呼ばれる。目の構造から、網膜像は左右も逆転した倒立像であり、眼球の動きなどのブレもあるが、私たちが認識をするときは、網膜像をそのまま認識しているわけではなく、脳のなかでさまざまな処理が行われた末にできあがった知覚像を認識している。

その処理の一例が上記の右の図だ。客観的事実として——定規で測ればわかるが——中央の円は同じ大きさなのだが、私たちは左の円のほうが大きいと感じてしまう。これは、円のまわりにある黒丸との関係を脳が判断したうえで知覚像を作っているからだ。同様にその左の図でも、脳は下の図形のほうが大きいと判断してしまうが、その判断は客観的事実に反している。つまり、私たちの心は、ときに客観的事実に反した判断をすることがあるのである。

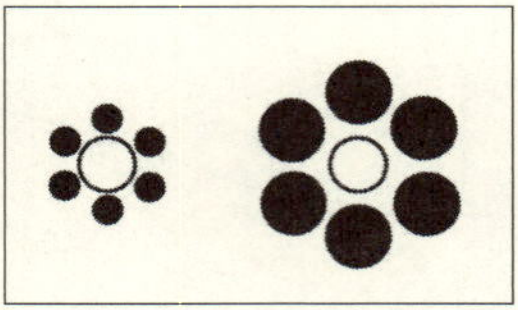

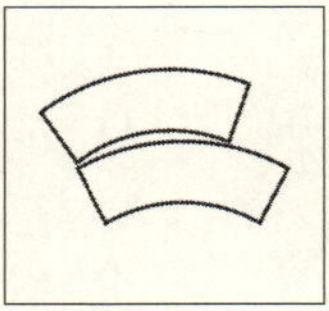

一九世紀に活躍した画家ポール・セザンヌが、その頃全盛であった遠近法を無視し、自分の感じたまま「知覚像」に忠実に絵を描き、物体そのものの迫力を表現しようとしたのも、客観的事実でないところに感動があることを知っていたからだ。

外見と内実

詩『ルークリースの凌辱』では、王子タークィンに凌辱を受けた人妻ルークリースが、部屋に飾ってあるトロイ戦争の絵を眺め、その絵のなかのアキレウスは「心の目にしか見えない」（一四二六行）と考える。なぜなら、そこにはアキレウスの槍を持った手だけが描かれているからだ。その絵には、トロイア人をだましてトロイの木馬を城内へ導いた兵士シノーンが見るからに穏やかで正直そうに描かれていた。タークィンも、このシノーンと同様、正直そうな顔つきでやってきて、「そうして私のトロイは滅びた」（一五四七行）とルークリースは嘆き、絵に爪を立ててシノーンの顔を破るのである。

同じことは『マクベス』で、これから殺されるとも知らぬダンカン王の次のせりふにも読みとれる。

顔を見て
人の心を読み取る術《すべ》はない。
あの男には絶対の信頼を
置いていたのだが。

（第一幕第四場）

「あの男」とは、この劇には登場しない謀叛人のコーダーの領主だ。この謀叛人が処刑されたおかげで、グラームズの領主だったマクベスはコーダーの領主となる。ダンカン王が、「あの男」とちょうど言ったとたんにマクベスが登場するところに皮肉が効いている。絶対の信頼を置かれているマクベスもまた、王を裏切るからだ。

外見と内実の相違というモチーフは、シェイクスピアの作品のいたるところに顔を出す。『ヴェニスの商人』では、金と銀と鉛の箱のどれかにポーシャの絵姿が入っているのを選ぼうとするバサーニオが言う。


なるほど、外見は内実を写しはしない——。

世間はいつも見せかけに騙される——。

（第三幕第二場）


金と銀は「うわべだけの真実」であり、飾らない外見にこそ真実があると考えたバサーニオは、鉛の箱のなかに見事ポーシャの絵姿を見出す。第5章で引用したように、ジュリエットも「外見と内実は正反対！」と叫ぶ。

『じゃじゃ馬馴らし』では、じゃじゃ馬キャタリーナと結婚したペトルーキオが、キャタリーナのためにきれいな帽子やガウンを持ってきた帽子屋や仕立屋を怒鳴りつけて乱暴に追い返す。これはペトルーキオのパフォーマンスであり、彼はその意味を次のように語る。


肉体を豊かにするのは心だ。

太陽が暗雲を突き破って顔を出すように、
美徳は卑しい服を抜けて光り輝く。
カケスのほうがヒバリより貴重なのかい？
羽根がきれいだというだけの理由で？
あるいは、毒蛇のほうが鰻よりましかい？
皮が色鮮やかだから？

（第四幕第三場）

ペトルーキオは、キャタリーナのじゃじゃ馬を直そうとしているのだ。彼女がなぜじゃじゃ馬になったのかと言えば、それは世間の目を気にしすぎているからだ。妹のビアンカは皆からかわいいと褒められ、多くの求婚者が群がっているのに、キャタリーナを褒めてくれる人はいない。だからキャタリーナはビアンカをいじめ、そばにいる男たちに毒舌を吐くのだ。「カケス」や「毒蛇」をビアンカ、「ヒバリ」や「鰻」をキャタリーナと読み替えれば、ペトルーキオの言わんとしていることがわかるだろう。事実、この劇の最後では、かわいいビアンカはあまり亭主を大事にしない自分勝手な女だとわかる。

キャタリーナがカケスではなく美しい声で鳴くヒバリだとどうしてわかるのか。それはペトルーキオが心の目で見て、そう決めるからそうなのだ。太陽が出ていようと、あれは月だとペトルーキオが叫べば、月なのだ。そして、たとえ世間がキャタリーナのことを「じゃじゃ馬」と呼んでも、ペトルーキオの心がキャタリーナを愛おしいと決める以上、キャタリーナはその心にしたがうことを選ぶのである。

魔法の鏡

心の目には真実が見える。その機能は、『白雪姫』の魔法の鏡と同じだ。「鏡よ、鏡よ、世界で一番美しいのは誰？」と悪い妃が尋ねる。すると、鏡の前に立つ妃ではなく、森で小人たちと暮らしている白雪姫の姿が映る。エリザベス朝時代には、鏡にはこのように真実を映し出す力があると信じられていた。

ジョージ・ピールの『老婆の話』（一五九〇年頃女王一座上演）、ロバート・グリーンの『ベイコン修道士とバンゲイ修道士』（一五九二年ストレインジ卿一座上演）、ジョージ・チャップマンの『ビュッシー・ダンボワ』（一六〇四年ポール少年劇団上演）、トマス・ミドルトンの『チェスのゲーム』（一六二四年国王一座上演）など、《魔法の鏡》を舞台の小道具として用いた芝居は多い。

ハムレットは、母親を責めるときに、鏡をつきつけて次のように言う。

いや、いや、おすわりください、動いてはならぬ。
じっとして。今、鏡をお見せします。
心の奥底までご覧になるがいい。
（第三幕第四場）

多くの演出では、このときハムレットは鏡のように光る剣をつきつけ、そのため母親が「助けて」と叫ぶことになる。

また、ハムレットは芝居を打つことでクローディアスが父を殺したかどうかという真実を明らかにしようとするが、それというのも、芝居には「鏡を掲げる」機能があるからだと言う。

芝居の目的とは、昔も今も、いわば自然に向かって鏡を掲げること、つまり、美徳には美徳の様相を、愚には愚のイメージを、時代と風潮にはその形や姿を示すことだ。
（第三幕第二場）

「自然に向かって鏡を掲げる」とは、どういうことか。英和辞典で mirror という単語を引くと、このハムレットのせりふが引用されて「ありのままを写す」などと定義されていることがあるが、これは誤解だ。演劇とは、ただ日常にあるものをそのまま舞台に載せるものではない。演劇に感動が生まれるのは演劇に仕掛けがあり、劇場の外の現実世界をそのまま見るのとはちがう、特殊な表現になっているからだ。ありのままを写すのではなく、心の目で見える真実を写すのである。

パスペクティブ——見えないものを見る

演劇の鏡は、普段は見えない真実を見えるようにしてくれる魔法の鏡だ。見えないものが見えてくるという発想は、当時たいへんもてはやされていた。一六〜一七世紀にヨーロッパの絵画で流行し、シェイクスピアが大好きだったパスペクティブないしアナモルフォーズと呼ばれる騙し絵によっても表現されていた。

本章の扉絵としたハンス・ホルバイン（子）の描いた『大使たち』は、その代表例だ。二人の大使の足もとに横たわる奇妙な白い物体を、ある角度から覗き込めば、髑髏《どくろ》が浮かび上がって見えてくる仕掛けである。向かって左に立つ、立派なガウンを着た恰幅のよい青年は、ヘンリー八世時代に栄華を極めたフランス大使ジャン・ド・ダントヴィルであり、もう一人は、その友人、ラブール司教ジョルジュ・ド・セルヴである。ダントヴィルが俗な世界の王に仕える《行動の人》を表すとすれば、セルヴは聖なる主に仕える《瞑想の人》を表すことになり、二人はルネサンスの理想である情熱と理性の調和を示唆する。そしてまた、二人のあいだに並べられたさまざまな立派な品物は、ルネサンスの栄光を誇示している。それらは、輝かしいルネサンスの時代において人間が成し遂げた最高の芸術や科学技術の粋を集めたものだ。ところが、二人の足元に奇妙な細長い白い物体が横たわっている。

ロンドンのナショナル・ギャラリーの出口付近に展示されているこの絵の実物で見るときは、この絵の右側から絵にできるだけ近づき、この二人の人物の足元に横たわる白い物体を覗き込めばよい。すると、ちょうど、この斜めに細長い白い物体の延長線上に目が位置することになり、この細長い物体が短く見え、それが髑髏であることがわかる。華々しいルネサンスの栄光を描きながら、その足元にはメメント・モリ（死を思え）という思想を忍び込ませているのである。ちょうど『ハムレット』の最終場でハムレットがヨリックの頭蓋骨を手にして、どんなに化粧をしても結局はこんな髑髏の姿になってしまうと言うのと同じだ。シェイクスピアが歴史劇『リチャード二世』で次のように記しているのも、まさにこのような絵のことである。

悲しみの目は、涙で滲んで曇っているので、
一つのものが幾つにもわかれて見える。

まるでパスペクティブのように。そのまま見れば、何の絵かまったくわからないのに、斜《はす》から見ればはっきりとした形に見えるのだ。

（第二幕第二場）

現在、パスペクティブといえば、まったく違う意味になるから注意が必要である。絵画に関して言えば、いまでは遠近法を意味する。ある一つの消失点を紙の真ん中あたりに決めて、そこから四方八方に線を引く、そしてその線に合わせて遠景や前景を描けば、遠くの物は小さく、近くの物は大きく描けてリアルに見えるという技法である。

遠近法の画法にしても、真実味を出すために実際のものの大きさを歪めているという点でやはり虚構を利用した表現方法である。これは、一つの絶対的な視点を定めるという点で、西洋近代的な考え方に則っている。つまり、理性で考えればすべて明確になると信じる理性絶対主義とでもいうべき考え方だ。そうやって描かれた絵はまるで写真のように本物そっくりに見え、リアリズムの絵と呼ばれる。しかし、リアリズムとは、事実の客観性を信じる一つの表現手段でしかない。それは物事の外面性のみを強調した表現形態なのだ。

シェイクスピアはむしろ《イマジネーション》を大切にした。円熟期の喜劇『十二夜』では、海に溺《おぼ》れ死んだはずのふたごの兄がひょっとすると生きているかもしれないと思った妹ヴァイオラはその想いが現実のものとなるように強く念じる。そして、「ああ、本当になっておくれ、イマジネーションよ、本当になって」と叫んだ結果、ヴァイオラが思い描いたことが現実となるのだ。

また、男装しているヴァイオラには、女としての正体を明かして、恋する男性と一緒になりたいという想いもあり、そうした想い——彼女にしか見えない、彼女の心のなかのパスペクティブ——は、やがて彼女の心から飛び出し、すべての人が目にするものとなってゆく。最終場でついにふたごの兄妹が舞台にそろって登場したとき、オーシーノ公爵が驚いて叫ぶ。

一つの顔、一つの声、一つの服、だが二人いる！
あるけれどもないものを見せる自然が生んだパスペクティブだ。
（第五幕第一場）

シザーリオという男の子を写すパスペクティブのなかにふたごの兄妹が見えてくるわけだが、このパスペクティブもまた、興味深いことに《自然の鏡》と呼ばれる。公爵は言う。

どうやら自然の鏡は真実を映し出しているようだから、
私もこの幸せな遭難に加えてもらうことにしよう。
（第五幕第一場）

そう言って公爵はそれまで男と思い込んできた女性に結婚を申し込む。自然の鏡が、ヴァイオラの心に隠れていた本当の心を映し出したのだ。

パスペクティブでは、普通に見えているものとは違うイメージが浮かび上がる。シェイクスピアの恋愛喜劇でよくあることだが、恋する相手がたとえ他人から「色が黒い」とか「美人ではない」などと悪口を言われても、恋する人の目にはそのような欠点は見えない。恋をする者が描く恋人像は、その恋人本人でさえわからないほど美しいイメージとなる。シェイクスピアがソネット二四番で次のように歌い上げるのは、まさにそうした恋のパスペクティブだ。

僕の目は画家を演じ、君の美しさのかたちを描く。
わが心の手帖に。それはこの胸の内部。
僕のからだは、その絵を収めている額、
そして絵は、最高級の画家の技芸であるパスペクティブ。
というのも、画家を通さなければ絵のよさがわからぬからだ。
君の真の肖像のありかは画家の目にのみ見えている。

その絵が常にかかっているアトリエとはわが胸、このからだ。
そのアトリエの窓には君の瞳がはまっている。

詩人が描いた「君の本当のイメージ」は、詩人の心のなかにある。つまり詩人の恋人は、どのように詩人に思われているかを知るためには、その胸の内を覗き込まなければならない。恋人は詩人の心という鏡を覗き込むことで、自分の知らない自分のイメージがそこに写っているのを見るのだ。

殺人の思いに駆られたマクベスがありもしない短剣を見てしまうのも、あるけれどもないものを見せるパスペクティブの働きと言えるだろう。マクベスは短剣の幻影に導かれるようにしてダンカン王の寝室へ向かう。

これは短剣か、目の前に見えるのは？
俺の手のほうに柄《つか》を向けて？　よし、とってやる。
とれない。だが、目には見えている。
忌まわしい幻影め、目には見えれど
さわれぬのか？　それともおまえは

心の短剣か、熱に浮かされた脳が生み出す
ありもせぬ幻か。
（第二幕第一場）

サミュエル・ダニエルの仮面劇『十二女神のヴィジョン』（一六〇四年）で、登場人物のシビラの次のせりふなどは、そのままマクベスの状況を表すものと言っていいだろう。

私は何を見たのだ？　ここはどこだ？　私は目が見えているのか？　私はどこかにいるのか？　あれはアイリス（ジュノーの使者）だったのか、それともファンタズムかイマジネーションか。

ジョン・サックリング作のロマンス劇『ゴブリンズ』（一六三八年）でも、幻覚の意味で「ファンタズム」が用いられている。

ペリドール　単なるファンタズムだ。おまえを試すために魔法で生み出したのだ。
オーサブリン　優しい悪魔さん、もう一度私を試してください。
このファンタズムをもう一度見せてください。
（『ゴブリンズ』第四幕第一場）

このようにファンタズムに幻影としての否定的な意味が強くなると、ここからまぼろし、幻影を意味するファントムという言葉が出てくる。のちにファンタジアからファンタジー（空想）の語が生まれるのも同じ流れだ。

シェイクスピアは、「幻覚」を意味するときは「ファンタジー」という語を用いている。『ヘンリー四世』第一部の最終幕では、死んだと思われていたフォールスタッフが起き上がっているのを見て、ハル王子は次のように言う。

おまえは生きているのか？
それとも視覚を惑わすファンタジーか。
（第五幕第四場）

シェイクスピア作品群のなかで唯一「ファンタズマ」という語が用いられるのは、『ジュリアス・シーザー』である。同じ作品内の二個所（第二幕第一場一九七行、二三一行）で「ファンタジー」という語を「幻覚」の意味で用いているので、どうやら使い分けているようだ。シーザー暗殺について思いを巡らすブルータスの独白に出てくる。

恐ろしいことを最初に思いついてから
それを行うまでのあいだは、
ファンタズマのようだ。あるいは悪夢だ。

（第二幕第一場）

このときブルータスは、シーザー暗殺を何度もイメージして、その恐ろしさに震えるのだろう。もしシェイクスピアがプラトン的意味でこの語を用いているなら、それはブルータスの心のなかで実際に体験される暗殺を示すのであり、単なる「幻覚」にはとどまらない。

ストア派の哲学

以上、シェイクスピア哲学における認識論について述べてきたが、そもそもシェイクスピアにおいて「哲学」とはどのような位置づけになっているのだろうか。まず、いま言及した『ジュリアス・シーザー』に出てくる「哲学」という語に注目してみよう。

ブルータスは高潔さを目指した人物であり、妻のポーシャを失って激しい悲しみに襲われても、それに立派に耐えてみせる。ブルータスの忍耐力の強さは、親友キャシアスとの喧嘩が終わったとき、もっとも明らかになる。キャシアスが「君がこんなに腹をたてたことはなかった」と驚く場面だ。

ブルータス　ああ、キャシアス、私は多くの悲しみにうんざりしているのだ。
キャシアス　たまたまの不幸に負けてしまうようでは、君の哲学も役に立たないね。
ブルータス　私ほど悲しみに立派に耐えている者はいない。ポーシャが死んだのだ。
キャシアス　え？　ポーシャが？
ブルータス　死んだ。
キャシアス　よく殺されなかったもんだな、俺が君を怒らせたときに？

（第四幕第三場）

どんなときにも冷静さを失うまいとするブルータスは、ストア派の教えを守っている。ストア派すなわちストイシズムは、「ストイックに生きる」といった表現の語源となった考え方だ。「ストイック」を国語辞典で引くと「禁欲的・克己的なさま。情念などに動かされず、厳格に身をつつしむさま。ストア学派の信奉者の意から。」などとある。ストア派の考え方では、真の知恵ある者は不幸に動じることはなく、冷静で客観的な判断力によって、アパテイア（心の平安）を得ることを目的とし、高潔な生き方を目指した。自制心や忍耐力を鍛えて、衝動的な心の揺れに乱されない、いわば高い理想を掲げて、ぶれない生き方を目指したわけだ。

『ロミオとジュリエット』でも、ティボルトを殺して追放の宣告を受けたロミオが、ジュリエットと引き離されることを嘆き悲しんでいると、ロレンス修道士がそんなロミオにストア派の教えを授けようとする。

修道士 その〔追放という〕言葉をはねつける鎧《よろい》をやろう。逆境の甘いミルク、哲学（philosophy）だ。追放になってもなぐさめられる。

ロミオ ほらまた「追放」だ。哲学なんかまっぴらだ。哲学でジュリエットが作れますか。

（第三幕第三場）

シェイクスピアの作品群には、ロミオと同様に、ストア的哲学など受け入れられないとする人物が多い。『から騒ぎ』のレオナートは「人に忍耐を説くことはできても、自分がいざ悲しい目にあえば忍耐はできない」（第五幕第一場）と言うし、ベネディックも「誰でも他人の痛みには耐えられる」（第三幕第二場）と言う。

『ジョン王』でも、息子アーサーを王位につけようと必死になる母親コンスタンスが激しい悲しみにくれて、私に哲学（philosophy）を説いてもむだだと訴える。この場合、philosophyという語は「哲学」と訳してかまわないが、もともとこの語はphilo-sophia（知識を愛する）を意味し、学問全般を指した。『恋の骨折り損』や『じゃじゃ馬馴らし』では、学問（philosophy）にいそしもうとした若者が恋に落ちてしまう筋立てになっている。

『ハムレット』では二度この語が出てくるが、どちらも「学問」の意味で用いられる。一度目は、「誓え！」という亡霊の声があちらこちらから聞こえてきて、ホレイシオが「これは一体どういうことだ、とても信じがたい」と驚いたときに、ハムレットが次のように言うせりふだ。

この天と地のあいだには、ホレイシオ、
学問（your philosophy）などの思いもよらぬことがあるのだ。
（第一幕第五場）

一九〇三（明治三六）年五月、第一高等学校で夏目漱石の授業を受けていた学生、藤村操《みさお》が、華厳の滝に飛び込んで自殺をした際、ミズナラの木に、遺書として「巌頭之感《がんとうのかん》」を彫りつけた。冒頭部分はこうだ——「悠々たる哉天壤、遼々たる哉古今、五尺の小軀を以て此大をはからむとす。ホレーショの哲學竟《つい》に何等のオーソリチィーを價するものぞ」

これは、いま引用したせりふへの言及だ。だが、原文の your はホレイシオを指すのではなく、「いわゆる」の意味であり、philosophy はここでは「学問」の意味だ。

ちなみにハムレットが久しぶりに再会したローゼンクランツとギルデンスターンに「父上が生きているときは叔父貴を鼻であしらっていた連中が、叔父の小さな肖像画を一つ手に入れようと、大金を払っている」と話して、「まったく尋常ではない。どうなってしまったのか、philosophy で解明できればいいのだがな」（第二幕第二場）と言うところも「学問」の意味である。

ストア派を目指すハムレット

厳格で名誉を重んじるブルータスや、高潔さを求めるハムレットのほか、名誉に命を捧げようとするホットスパーやコリオレイナスもまたストア派である。シェイクスピアがローマを舞台として描いた戯曲には、ストア派が登場することが多い。

ストア派のような沈着冷静さに憧れるハムレットは、どんなときにも落ちついているホレイシオを見て、君は立派だと褒めそやす。これからいよいよ劇中劇を上演しようという前に、ハムレットはホレイシオを呼びつけてこう言うのだ。

なにしろ君は、
あらゆる苦難に遭っても、苦しむことがなく、
運命のひどい仕打ちもご褒美も、同じように感謝して
受け取ってきた男だ。燃える血潮と冷静な判断力とが
これほど巧みに混ざり合い、
運命の女神のいいなりの音色を奏でたりしない
そういう人間がうらやましい。熱情の奴隷とならぬ男がいれば、
俺はそいつをこの胸の奥深く、
心の底から大切に思う。
君がその男だ。

（第三幕第二場）

これはまさにストア派の理想である。シェイクスピアの作品のあちこちにこうしたストア派の考え方が出てくる。とくに問題となるのは、ハムレットがローゼンクランツとギルデンスターンと会話をして、「我々にはデンマークは牢獄だとは思われない」と言われたときの返事である。

それでは、君たちにはそうではないのだ。そもそも、それ自体よいとか、悪いとかいうものはない。考え方一つだ。俺にとっては牢獄なのだ。（第二幕第二場）

これはこれまで述べてきた主観的真実と客観的事実の違いを示す言葉として解釈できる。世の中に最初から「よいもの」とか「悪いもの」があるのではなく、知覚する者の主観的判断でその価値が定まるというわけである。この発言の根底には、どうやら古代ギリシャのストア学派哲学者エピクテートス（五五頃〜一三五頃）の考えがあるようだ。

ストア派哲学者エピクテートス

古代ギリシャのストア派哲学者エピクテートスは、こう説いた。

けだし二つのことはいつも心構えをして置かねばならない、つまり意志外のものは何ら善でも悪でもないということと、事物に先立つべきではなくて事物に従うべきだということとである。（エピクテートス『人生談義（下）』第三巻第一〇章、鹿野治助訳）

法官の席も、牢獄も、いずれも場所であって、一方は高く、他方は低いのだ。だが意志はもしいずれの場合でも、等しく保とうという気があれば、等しく保つことができるのである。そしてもしわれわれが牢獄で讃歌を書くことができるならば、その時われわれはソークラテースの崇拝者であるだろう。（エピクテートス『人生談義（上）』第二巻第六章、鹿野治助訳）

後半の引用は、ハムレットの「俺は胡桃の殻に閉じ込められても、無限の宇宙の王だと思える男だ」というせりふに対応する。この場合の「意志」とは、自分で下す判断を言う。たとえば、逮捕されて牢獄に入れられるのが恐いと思うのは、牢獄そのものが恐いからではなく、私が「牢獄に入れられることに対して」恐いという判断を下すからにほかならない。『リア王』の最後で、コーディーリアとともに牢獄に入れられるリア王は、そこで二人で歌を歌おうと言う。そうすれば牢獄はむしろリアにとって憩いの場となるわけだ。

ストア派は自分を律することを目指し、徳を高く標榜した。個人の倫理的幸福を追求するところにストア派の最大の特徴がある。自分を高め、高潔な生き方ができたとき、初めて倫理的幸福が得られるわけだ。

ストア哲学において、ロゴスとは神が定めた世界の論理のことを指し、これは神と同一視されることもあった。つまり普遍的理性にしたがうとは、皆が幸福になれる徳を身につけることであり、誰か不親切な人がいたら、その人は普遍的な理性に気づいていない馬鹿者だということだ。

コーディーリアはストア派

ストア哲学は、シェイクスピアの世界観に大きな影響を与えている。

たとえば『リア王』のコーディーリアは、現代の価値観から言えば、空気の読めないお馬鹿さんのように思えるかもしれない。父であるリアが娘たちから「大好きよ」と言われたがっているのは明らかなのだから、甘やかしてあげればいいのに、なんだか妙に意固地になって「言うことは何もありません」などと言って怒らせてしまうとは、なんて協調性のない、自分本位の考え方をする子なんだろう。そう考えると、コーディーリアは愚かだと思えるかもしれないが、彼女が姉たちと同じことをするまいと決意したように、エピクテートスもまた、自分は人と同じことをしないという旨、次のように記している。以下、英訳テクストから訳す。

私はそうしない。君は「なぜ?」と問う。私は答える、「なぜなら君は自分を外衣《チュニック》のなかの普通の糸としか見なしていないからだ。」どういうことか? 君は、一本の糸がほかと区別がつかないように、他の人と同じようになるにはどうするか考えねばならなかった。だが、私は紫の糸になりたいのだ。他のものを立派にし、美を添えてやるあの輝ける微かなものに。なのになぜ君は「大勢と同じようにしろ」と言うのか？　そんなことをしたら、もはや紫の糸にはなれない。〔中略〕紫が服にどんなよいことをするのか？　それはまさに、紫であることで他の者によき手本として抜きん出て、目立つということだ。（『人生談義』第一巻第二章「人はいかにしてあらゆることにおいて自分の性格に忠実でいられるか」）

紫とは高貴さ、気高さを示す色だ。エリザベス朝のイングランドでは、王族が身につける色として、他の人が身につけることは禁じられていた。ここでエピクテートスが語るのは、ほかの人はどうであれ、自分だけは気高くありたいという願いである。そして、コーディーリアもまた、他に迎合することなく、ストア的な善を貫こうとしたと言えるであろう。

ストア派の認識論

ストア派の認識論においても、心像《ファンタズマ》によって認識がなされるのであるが、信念もしくは臆見《ドクサ》を避け、誤った表象と正しい表象の区別をつけなければならないと考える——これはハムレットが辿《たど》る過程だ。ハムレットが復讐を遅延する理由にはストア派の認識論のドクサの問題があったのだ。

こうして見ていくと、シェイクスピアの作品はストア哲学の影響のもとに書かれていたと言うことができそうだ。しかし、どうやらシェイクスピアは、ストア哲学の影響を受けつつも、その影響からのがれようとしていた節もある。その一番の手がかりは、『夏の夜の夢』にある。

『夏の夜の夢』で一同は不思議な夢を見たと思う。「お芝居それ自体が夢だったとお思いください」とエピローグのパックも言うが、アテネの森であった騒動は夢だったのだと登場人物たちは思う。それがどれほど変てこな夢であったかを、ボトムがもっとも適切に表明するが、この変てこ具合は、きわめてシェイクスピアらしく、ストア派が信奉するロゴス（理性）に大きく逆らうものとなっている。

そして、皆が夢から覚め、アテネへ帰って一段落したところで、宮廷でヒポリュテとテーセウスがこれまでの夢のような出来事を次のようにまとめる。

ヒポリュテ　あの恋人たちのお話は、不思議ね、テーセウス。
テーセウス　不思議すぎて本当とは思えない。馬鹿げた昔話や、妖精の出てくるようなお伽噺《とぎばなし》など、とても私には信じられない。

恋する者は、狂った者同様、頭が煮えたぎり、
冷静な理性には理解しがたい
ありもしないものを想像する。
狂人、恋人、そして詩人は、
皆、想像力の塊だ。
（第五幕第一場）

テーセウスが不思議すぎてとても信じられないと言い、「冷静な理性には理解しがたい」と言っている点が重要だ。テーセウスはあくまでストア派が信奉する理性を基準に考えるのだ。これに対してヒポリュテは次のように返す。

ヒポリュテ　でも、昨夜のお話を聞いていると、
皆の心が一緒に変貌してしまったことは、
単なる夢幻とは思われず、
しっかり筋の通った現実であるような気がしますが、
それにしても不思議で信じがたいことです。
（第五幕第一場）

文芸評論家アントニー・D・ナトールは、『考える人シェイクスピア』（二〇〇七年）のなかで、このヒポリュテのせりふに触れ、これは一八世紀の経験論者デイヴィッド・ヒュームの考えと同じだとして、次のような説明を加えている。

夢や心のイメージはその内容においてリアルではない——つまり、冷蔵庫にアナグマがいる夢を見てもそれがリアルでないのは、冷蔵庫のなかにはアナグマでなくて干からびたクロワッサンが入っているからだが、人が実際にそのような想像をしたり夢を見たりするという点ではリアルなのだ——たしかに私はアナグマについて生々しい夢を見たということがリアルなのだ。この単純な議論に従えば、〔ヒポリュテの言う〕「単なる夢幻」は明らかにリアルだ。

つまり、ボトムが「人間の目が聞いたこともない、耳が見たこともない、手が味わったこともない、舌が考えたこともない、心が語ったこともない……底なしにすげえ夢」（第四幕第一場）を見たと言うとき、ボトムはその「夢」にはっきりとリアルを感じたのである。ナトールの議論にしたがえば、それこそがリアルの本質だということになる。しかも、ボトムの夢が実は夢でないと知っている観客は、ボトムがリアルに感じたのは当然だと思うことになる。

シェイクスピア学者スティーヴン・グリーンブラットは、その著書『シェイクスピアの自由』（二〇一二年）の最後で、このテーセウスの一節を引用したうえで、詩人の知覚の絶対的な自由さを語る。そして、そのシェイクスピアのものの見方の自由さは、現実を超越した詩人の物の見方に真があるとするシドニーの発想（『詩の弁護』）と同じであると論じつつも、テーセウスは狂人・恋人・詩人の想像力を蔑視していると指摘する。すなわち、テーセウスは日常的な現実にこだわりすぎており、想像力がとらえる現実とは実はボトムの夢のようにわけがわからないものなのだということである。

演劇の力は信じる力

私たちの日常はロゴス（理性）に支配されることが多いが、演劇は理性と対立する感性の世界においてその力を発揮する。そして、そこでもっとも重要となるのは想像力だろう。今日言うところの想像力ではなく、エリザベス朝時代の想像力だ――強くイメージした心像《ファンタズマ》は、現実そのもののインパクトを持つのである。そして、時には、新たな現実そのものをも生み出す力さえ持っている。

『冬物語』の最後に重要なせりふがある。シチリア王リオンティーズがあらぬ嫉妬から妃ハーマイオニを失って一六年。後悔に後悔を重ねて生きてきた一六年目に、王は亡き妃の彫像を目にし、あまりにも本物そっくりなその出来栄えに感動する。そして、妃の侍女ポーリーナが「この石の像を動かして見せましょう」と言って、こう命じる。

信じる力を呼び起こして頂けなければ
なりません。そして、じっとしてください。（第五幕第三場）

果たして、ポーリーナの「もはや石であるのをおやめください」という言葉に応じて、石像は動きだし、死んだはずの妃は王のもとへ戻ってくる。

ストア派の努力は立派だが、コーディーリアの例が示すようにうまくコミュニケーションがとれないと独善に陥る危険がある。さまざまな人々の生きざまを描いてきたシェイクスピアだが、最後に到達したのは「信じる力」の大切さだった。

信じる力——それは演劇の基本要素であるのみならず、私たちの人生を支える力だ。人は常に明日を信じて生きる。「信じる」行為には、新たな世界を拓く力があることを、本書を最後までお読みくださった読者はおわかりいただけるだろう。

あとがき

シェイクスピアの原文を読み返したり、研究書を読んだりするたびに、新たな世界が見えてくる。それまでの自分の解釈では不十分だったことを痛感し、勉強が足りなかったと思う反面、「そうだったのか」と認識を新たにする喜びもある。汲んでも汲んでも尽きない井戸のようだ。一人の人間が見つめてもそのように新たな面を見せてくれるとすれば、読み手がちがえば、シェイクスピアはもちろんさらに新たな顔を見せてくれるだろう。本書はその意味で、限られた小さな窓からシェイクスピアという巨人をのぞき見た小書にすぎない。まさにモンテーニュの「クセジュ（私は何を知っているか）」を自らに問わねばならない。

それゆえ、シェイクスピアの姿を伝えるにあたって、ルネサンスの手法を真似ることにした。フィリップ・シドニーが『詩の弁護』（一五九五年）で詩という虚構にこそ真実が宿ると論じ、あるいはジューディス・アンダーソンが『伝記的真実——テューダー・スチュアート朝時代の著述における歴史的人物の表象』（一九八四年）で想像力の重要性を論じたことを受けて、私の心の目を通して見たシェイクスピア像を呈示することにした。シェイクスピアは奥深い。シェイクスピアはすらすらと執筆したと言われるが、その筆の動きを支えていたのは哲学的思考の重厚さであるように思われる。

この小書が、読者諸賢がシェイクスピアの広大な世界へ旅する際の道標となってくれることを祈っている。ささやかな書ではあるが、どんな小さなものでも心の目に入れば、大きな意味をもつだろう。

本書執筆にあたっては、中央公論新社新書編集部の上林達也さんにお世話になった。忍耐強くお付き合いくださったことをここに感謝したい。

なお、本書の冒頭で触れた蜷川幸雄さんが二〇一六年五月一二日に亡くなられた。日本のみならず世界の演劇界に多大な貢献をし、とりわけシェイクスピア作品に新たな命を吹き込み続け、私たちにその魅力を教えてくださった方だった。感謝とともにご冥福をお祈りしたい。

二〇一六年六月

河合祥一郎

1600	8月4日　『お気に召すまま』書籍登録。『ハムレット』初演
1601	2月7日　エセックス伯叛乱前夜に『リチャード二世』再演。同月、エセックス伯処刑
	9月8日　父ジョン埋葬される
1602	5月1日　故郷の郊外に127エーカーの土地を320ポンドで購入
	この頃、『終わりよければすべてよし』執筆
1603	2月　『トロイラスとクレシダ』書籍登録
	3月24日　エリザベス女王死去。5月ジェイムズ一世戴冠式
	5月19日　劇団は国王一座となる
1604	ロンドンでマウントジョイ夫婦の家に下宿。『オセロー』初演
	12月26日　『尺には尺を』宮廷御前上演
1605	7月24日　440ポンドを投資してストラットフォードと近郊の十分の一税の徴収権買い取り
	11月4日　火薬陰謀事件
	この頃、『マクベス』執筆
1606	12月26日　『リア王』宮廷御前上演
	この頃、『アントニーとクレオパトラ』執筆
1607	6月5日　長女スザンナ、医師ジョン・ホールと結婚
	12月31日　弟エドマンド、サザックで埋葬
	この頃、『コリオレイナス』、『アテネのタイモン』執筆
1608	2月21日　初孫（スザンナの長女エリザベス）受洗
	5月20日　『ペリクリーズ』書籍登録
	8月9日　国王一座のブラックフライアーズ劇場開場
	9月9日　母メアリ、聖トリニティー教会に埋葬
1609	『ソネット集』出版
1611	『冬物語』『シンベリン』上演記録
	11月1日　『テンペスト』宮廷御前上演。この頃帰郷
1612	2月3日　弟ギルバート、ストラットフォードで埋葬
	この頃、『二人の貴公子』執筆
1613	2月4日　弟リチャード、ストラットフォードで埋葬。ロンドンで最後の不動産投資
	6月29日　『ヘンリー八世』上演中にグローブ座炎上
1614	6月　第二次グローブ座開場
1616	1月　遺言状執筆。2月10日次女ジューディス、トマス・クイニーと結婚。3月クイニーが姦通罪で起訴される
	3月25日　遺書に署名。4月23日、死去（享年52歳）。25日ホーリー・トリニティー教会に埋葬
1623	12月　最初の戯曲全集（ファースト・フォーリオ）出版

1594	2月　シェイクスピアの戯曲が初めて印刷される（作者名の記載なしの『タイタス・アンドロニカスの最も嘆かわしいローマ悲劇』）
	4月16日　ストレインジ卿一座のパトロンである第五代ダービー伯ファーディナンドー・スタンリー変死
	5月9日　『ルークリースの凌辱』書籍登録
	6月3日　宮内大臣一座の創立メンバーとなる。6月、女王の侍医のユダヤ人ロペス処刑
	12月　リチャード・バーベッジ、ウィリアム・ケンプとともに宮内大臣一座代表者として王室財務官の文書に記載される。詩編『ルークリースの凌辱』出版
	12月28日　『まちがいの喜劇』ロンドンのグレイズ・イン法学院で上演
	この頃、『ロミオとジュリエット』、『リチャード二世』、『ジョン王』執筆
1596	7月　宮内大臣ヘンリー・ケアリー死去
	8月11日　息子ハムネット埋葬される
	10月20日　紋章認可される
	11月　スワン座経営者とともに訴えられる
	この頃、『夏の夜の夢』、『ヴェニスの商人』、『ヘンリー四世』二部作執筆
1597	『リチャード三世』、『ロミオとジュリエット』、『リチャード二世』初版
	5月4日　故郷にニュー・プレイスを60ポンドで購入、妻子を住まわせる
	7月　スワン座上演『犬の島』でジョンソンら逮捕
	12月26日　『恋の骨折り損』宮廷御前上演。女王が最初に観たシェイクスピア作品か
	この頃、『ウィンザーの陽気な女房たち』執筆
1598	戯曲が初めてシェイクスピアの名入りで印刷される（『恋の骨折り損』初版ほか）
	9月　『気質くらべ』に出演。12月28日シアター座を解体し、テムズ河南岸に運ぶ
1599	シアター座の古材でグローブ座を建設。2月グローブ座の株主となる。グローブ座は『ジュリアス・シーザー』で開場。『シェイクスピア作　情熱の巡礼』出版。ケンプ退団。ロバート・アーミン入団
	この頃、『ヘンリー五世』、『から騒ぎ』、『十二夜』執筆

1583	5月26日　長女スザンナ受洗。この年、女王一座結成。10月、親戚のエドワード・アーデンとその甥であるカトリックの紳士ジョン・サマヴィルが反逆罪の容疑で逮捕 12月30日　エドワード・アーデンが極刑に遭う。母メアリの家はこのアーデン家の遠縁
1585	2月2日　長男ハムネットと次女ジューディスのふたご受洗。10月8日、旧友ロバート・ダブデイル、カトリック信徒として拷問を受け、死亡。カトリック狩りが厳しくなる
1586	カトリックであった父ジョンは、参事会員を罷免される。フィリップ・シドニー戦死
1587	6月　ストラットフォードに来た女王一座に入団し、一緒にロンドンへ行ったか？ 9月26日　裁判記録にウィリアムの立ち会い記録あり。このあと消息不明となる
1588	7月　イングランドはスペインの無敵艦隊を撃破 9月　女王一座の道化役者リチャード・タールトン死去
1589～91	ペンブルック卿一座初演の**『ヘンリー六世』3部作**執筆に携わる
1592	2月19日　新ローズ座がグリーン作『ベイコン修道士とバンゲイ修道士』で開場 3月3日　『ヘンリー六世』第一部ローズ座にて上演 6月　疫病流行による劇場閉鎖。夏にソネット執筆開始 9月3日　ロバート・グリーン死去。直後に『グリーンの三文の知恵』出版される 9月25日　ウォリックシャー州の国教忌避者表にジョン・シェイクスピアの名が書かれる この頃**『リチャード三世』**、**『エドワード三世』**、**『サー・トマス・モア』**執筆
1593	4月18日　『ヴィーナスとアドーニス』書籍登録（出版者リチャード・フィールド） 5月30日　劇作家クリストファー・マーロウ、酒場で刺殺される 6月　サウサンプトン伯爵に捧げるとした献辞つきで、署名入りの詩編『ヴィーナスとアドーニス』を出版。初めて名前が活字になる。この年ロンドンの疫病による死者一万人を超す。ソネット執筆開始 この頃**『ヴェローナの二紳士』**、**『じゃじゃ馬馴らし』**、**『まちがいの喜劇』**執筆

シェイクスピア関連年表

戯曲40編は太字で示した。

西暦	出来事
1556	10月2日　父親の手袋職人ジョン・シェイクスピア（約25歳）、ストラットフォード・アポン・エイヴォンのヘンリー通りに家を購入。町の公式エール酒鑑定人に選ばれる
1557	ジョン、富裕なアーデン家の娘メアリ（20歳）と結婚
1558	11月17日　エリザベス女王（25歳）即位。ジョン、町の巡査（持ち回りの役職）に任命される
1558	9月15日　ジョンとメアリの第一子、長女ジョウン受洗（2ヵ月後死亡）
1561	ジョン、町の会計係となる
1562	12月2日　ジョンとメアリの第二子、次女マーガレット受洗（翌年死亡）
1564	4月26日水曜日、ジョンとメアリの第三子、長男ウィリアム受洗。4月23日が誕生日とされる
1565	ジョン、町議会の参事会員となる
1566	10月13日　弟ギルバート受洗（46歳まで生きる）
1568	9月4日　父ジョン、町長就任（翌年まで）
1569	妹ジョウン誕生（77歳まで生きる）。この年、巡業に来た芝居を初観劇か
1571	この頃キングズ・ニュースクール入学。父、首席参事会員就任 9月28日、妹アン受洗（7歳で死亡）
1574	3月11日　弟リチャード受洗（39歳まで生きる）
1576	4月　リチャード・バーベッジの父ジェイムズがシアター座を建設
1577	この頃から、父は町議会を欠席しはじめる
1579	学校卒業か。4月4日、妹アン埋葬
1580	5月3日　弟エドマンド受洗（のちにロンドンで俳優となるが、27歳で死去）
1581	8月　ランカシャーのアレグザンダー・ホートンの遺言に「ウィリアム・シェイクシャフト」への配慮あり。17歳のとき家庭教師だったのか？
1582	11月27日　18歳にして8歳年上のアン・ハサウェイ（妊婦）と結婚

Davies, John, of Hereford, *Microcosmos: The Discovery of the little world, with the government thereof* (Oxford, 1603).

Edmondson, Paul, and Stanley Wells, eds, *The Shakespeare Circle: An Alternative Biography* (Cambridge: Cambridge University Press, 2015).

Forestier, Georges, *Esthétique de l'identité dans le théâtre français (1550-1680): le deguisement et ses avatars* (Genève: Droz, 1988).

Harbage, Alfred, *Annals of English Drama 975-1700*, revised by S. Schoenbaum and Sylvia Stoler Wagonheim, 3rd ed. (London and New York: Routledge, 1989).

Levao, Ronald, *Renaissance Minds and Their Fictions: Cusanus, Sidney, Shakespeare* (Berkeley: University of California Press, 1985).

Nuttal, Anthony D., *Shakespeare the Thinker* (New Haven: Yale University Press, 2007).

Ridley, M. R., ed., *Othello*, The Arden Shakespeare (London: Methuen, 1958).

Shakespeare, William, *The Riverside Shakespeare*, ed. by G. Blakemore Evans and others, 2nd edn (Boston: Houghton Mifflin, 1997).

Shapiro, James, *A Year in the Life of William Shakespeare: 1599* (London: Faber, 2005).

——, *1606: William Shakespeare and the Year of Lear* (London: Faber, 2015).

Sidney, Philip, *An Apology for Poetry or the Defence of Poesy* (1595), ed. by Geoffrey Shepherd (Manchester: Manchester University Press, 1973).

Wells, Stanley, ed., *The Cambridge Companion to Shakespeare Studies* (Cambridge: Cambridge University Press, 1986).

主要図版

アフロ：女王を迎えるレスター伯、サウサンプトン伯、エリザベス女王、クリストファー・マーロウ、凱旋門、ジョン・ローウィン、『狂乱のオルランドー』、「大使たち」　Bridgeman Images／アフロ：シェイクスピア　Universal Images Group／アフロ：陰謀者たち　TopFoto／アフロ：アン・ハサウェイのコテージ、ジェイムズ一世　Mezzotint reproduced on Plate V in the first volume of the book *An Apology for the Life of Mr Colley Cibber, Written by Himself*：エドワード・キナストン

Campbell, Oscar James ed., *The reader's encyclopedia of Shakespeare*：エドワードアレン、スワン座内部、ベン・ジョンソン、ウィリアム・セシル、エセックス伯、ジョン・ローウィン、ウィリアム・スライ

郎訳（研究社出版、2000）
アンドルー・ガー『演劇の都、ロンドン――シェイクスピア時代を生きる』青池仁史訳（北星堂書店、1995）
ジュリエット・デュシンベリー『シェイクスピアの女性像』森祐希子訳（紀伊國屋書店、1994）
スティーヴン・グリーンブラット『ルネサンスの自己成型――モアからシェイクスピアまで』高田茂樹訳（みすず書房、1992）
マンフレート・シェーラー『シェイクスピアの英語――言葉から入るシェイクスピア』岩崎春雄・宮下啓三訳（英潮社新社、1990）
ノースロップ・フライ『シェイクスピア喜劇とロマンスの発展』石原孝哉・市川仁訳（三修社、1987）
ノースロップ・フライ『批評の解剖』海老根宏ほか訳（法政大学出版局、1980）
C・L・バーバー、玉泉八州男・野崎睦美訳『シェイクスピアの祝祭喜劇――演劇形式と社会的風習との関係』（白水社、1979）

外国語文献

Anderson, Judith H., *Biographical Truth: The Representation of Historical Persons in Tudor-Stuart Writing*（New Haven and London: Yale University Press, 1984）.
Bacon, Francis, *The Works of Francis Bacon*, ed. by James Spedding, Robert Leslie Ellis, and Douglas Denon Heath, 7 vols（London: Longman and others, 1858-74）.
Barton, Anne, *Essays, Mainly Shakespearean*（Cambridge: Cambridge University Press, 1994）.
Bate, Jonathan, *Soul of the Age: A Biography of the Mind of William Shakespeare*（New York: Random House, 2009）.
Bentley, Gerald Eades, *The Jacobean and Caroline Stage*, 7 vols（Oxford: Clarendon Press, 1941-68）.
Bright, Timothy, *A Treatise of Melancholy*（1586）.
Brown, John Russell, ed., *The Routledge Companion to Directors' Shakespeare*（London and New York: Routledge, 2008）.
Bruce, R. Smith, ed., *The Cambridge Guide to the Worlds of Shakespeare*, 2 vols（Cambridge: Cambridge University Press, 2016）.
Chambers, E. K., *The Elizabethan Stage*, 4 vols（Oxford: Clarendon Press, 1923; repr. 1974）.
—— and others, *Shakespeare's England: An Account of the Life & Manners of his Age*, 2 vols（Oxford: Clarendon Press, 1916）.

参考文献

研究書・参考書

河合祥一郎『シェイクスピアの正体』（新潮文庫、2016）
河合祥一郎『謎解き「ハムレット」——名作のあかし』（ちくま学芸文庫、2016）
英知明ほか編『シェイクスピア時代の演劇世界——演劇研究とデジタルアーカイヴズ』（九州大学出版会、2015）
河合祥一郎『シェイクスピア ハムレット なるようになればよい』ＮＨＫテレビテキスト（NHK出版、2014）
エラスムス『痴愚神礼讃——ラテン語原典訳』（中公文庫、2014）
勝山貴之『英国地図製作とシェイクスピア演劇』（英宝社、2014）
スティーヴン・グリーンブラット『シェイクスピアの自由』高田茂樹訳（みすず書房、2013）
川井万里子『「空間」のエリザベス朝演劇——劇作家たちの初期近代』（九州大学出版会、2013）
山田昭廣『シェイクスピア時代の読者と観客』（名古屋大学出版会、2013）
ニコラウス・クザーヌス『学識ある無知について』山田桂三訳（平凡社、2011）
日本シェイクスピア協会編『シェイクスピアと演劇文化』（研究社出版、2012）
楠明子『シェイクスピア劇の〈女〉たち——少年俳優とエリザベス朝の大衆文化』（みすず書房、2012）
冬木ひろみ編『ことばと文化のシェイクスピア』（早稲田大学出版部、2007）
日本シェイクスピア協会編『シェイクスピアとその時代を読む』（研究社出版、2007）
青山誠子編『ハムレット』（ミネルヴァ書房、2006）
河合祥一郎『シェイクスピアの男と女』中公叢書（中央公論新社、2006）
河合祥一郎『「ロミオとジュリエット」恋におちる演劇術』（みすず書房、2005）
岡本靖正『シェイクスピアの読者と観客——テクストと上演』（鳳書房、2005）
玉泉八州男『シェイクスピアとイギリス民衆演劇の成立』（研究社、2004）
河合祥一郎『ハムレットは太っていた！』（白水社、2001）
C・ウォルター・ホッジズ『絵で見るシェイクスピアの舞台』河合祥一

参考文献

日本語文献は読書案内として掲げる（刊行年の新しい順とした）。

シェイクスピアを原書で読んでみようという方には日本語注釈つきの「大修館シェイクスピア双書」（大修館書店）がお薦め。英語注釈つきではアーデン版、オックスフォード版、ケンブリッジ版など各種あり。

戯曲翻訳は、小田島雄志訳（白水Uブックス）、松岡和子訳（ちくま文庫）、河合祥一郎訳（角川文庫、白水社）ほかあり。詩翻訳は、岩崎宗治訳『ソネット集と恋人の嘆き』（国文社、2015）、大塚定徳・村里好俊訳『新訳シェイクスピア詩集』（大阪教育図書、2011）、山本容子絵入りの小田島雄志訳『シェイクスピアのソネット』（文春文庫、2007）、柴田稔彦訳『対訳シェイクスピア詩集』（岩波文庫、2004）ほかがある。

事典・図鑑

スタンリー・ウェルズ監修『シェイクスピア大図鑑』河合祥一郎監訳（三省堂、2016）

高橋康也ほか編『研究社シェイクスピア辞典』（研究社出版、2000）

入門書

松岡和子『深読みシェイクスピア』新潮文庫（新潮社、2016）

河合祥一郎監修『こんなに面白かった「シェイクスピア」』（PHP 文庫、2014）

河合祥一郎『あらすじで読むシェイクスピア全作品』（祥伝社新書、2013）

松岡和子『「もの」で読む入門シェイクスピア』ちくま文庫（筑摩書房、2012）

小田島雄志『シェイクスピアの人間学』（新日本出版社、2007）

小林章夫・河合祥一郎編『シェイクスピア・ハンドブック』（三省堂、2010）

河合祥一郎『シェイクスピアは誘う——名せりふに学ぶ人生の知恵』（小学館、2004）

シェイクスピアの伝記

ピーター・アクロイド『シェイクスピア伝』河合祥一郎・酒井もえ訳（白水社、2008）

スティーブン・グリーンブラット『シェイクスピアの驚異の成功物語』河合祥一郎訳（白水社、2006）

河合祥一郎（かわい・しょういちろう）

1960年，福井県生まれ．東京大学文学部英文科卒業．東京大学大学院人文科学研究科修士課程・人文社会系研究科博士課程およびケンブリッジ大学修士・博士課程を経て，両大学より博士号（Ph.D）取得．東京大学大学院総合文化研究科准教授などを経て，現在は東京大学大学院総合文化研究科教授（表象文化論）．

著書『謎解き『ハムレット』』（三陸書房，2000年，ちくま学芸文庫，2016年）
『ハムレットは太っていた！』（白水社，2001年，サントリー学芸賞受賞［芸術・文学部門］）
『国盗人』（白水社，2009年）
『あらすじで読むシェイクスピア全作品』（祥伝社新書，2013年）
『シェイクスピアの正体』（新潮文庫，2016年，『謎解きシェイクスピア』［2008年，新潮選書］を改題）など

訳書『新訳 ハムレット』（シェイクスピア著，角川文庫，2003年）
『不思議の国のアリス』（ルイス・キャロル著，角川文庫，2010年）
『新訳 ドリトル先生アフリカへ行く』（ヒュー・ロフティング著，角川つばさ文庫，2011年）など多数

シェイクスピア
中公新書 *2382*

2016年6月25日発行

著　者　河合祥一郎
発行者　大橋善光

本文印刷　三晃印刷
カバー印刷　大熊整美堂
製　本　小泉製本

発行所　中央公論新社
〒100-8152
東京都千代田区大手町1-7-1
電話　販売　03-5299-1730
　　　編集　03-5299-1830
URL http://www.chuko.co.jp/

Published by CHUOKORON-SHINSHA, INC.
Printed in Japan　ISBN978-4-12-102382-7 C1298

中公新書刊行のことば

いまからちょうど五世紀まえ、グーテンベルクが近代印刷術を発明したとき、書物の大量生産は潜在的可能性を獲得し、いまからちょうど一世紀まえ、世界のおもな文明国で義務教育制度が採用されたとき、書物の大量需要の潜在性が形成された。この二つの潜在性がはげしく現実化したのが現代である。

いまや、書物によって視野を拡大し、変りゆく世界に豊かに対応しようとする強い要求を私たちは抑えることができない。この要求にこたえる義務を、今日の書物は背負っている。だが、その義務は、たんに専門的知識の通俗化をはかることによって果たされるものでもなく、通俗的好奇心にうったえて、いたずらに発行部数の巨大さを誇ることによって果たされるものでもない。現代を真摯に生きようとする読者に、真に知るに価いする知識だけを選びだして提供すること、これが中公新書の最大の目標である。

私たちは、知識として錯覚しているものによってしばしば動かされ、裏切られる。私たちは、作為によってあたえられた知識のうえに生きることがあまりに多く、ゆるぎない事実を通して思索することがあまりにすくない。中公新書が、その一貫した特色として自らに課すものは、この事実のみの持つ無条件の説得力を発揮させることである。現代にあらたな意味を投げかけるべく待機している過去の歴史的事実もまた、中公新書によって数多く発掘されるであろう。

中公新書は、現代を自らの眼で見つめようとする、逞しい知的な読者の活力となることを欲している。

一九六二年一一月

中公新書

言語・文学・エッセイ

j2